飛鳥《あすか》へ、そしてまだ見ぬ子へ

—若き医師が死の直前まで綴った愛の手記—

井村和清

祥伝社黄金文庫

(本書は、昭和55年5月、小社より新書判で刊行されたものです)

はじめに

夫が他界しまして二十三年もたったんですね。文庫判のお話がございました時、一瞬年月を数えてしまいました。薄情な妻ですね。「親はなくとも子は育つ」とよく申したものです。おかげさまで、たいした病もせず成人いたしました。ただただ成長だけを楽しみに今日までまいりました。親バカだといわれるのでしょうがお互い医療にたずさわる者として娘達はライバルでもありますし、反面頼りにしています。大学のカリキュラムも随分と変りましたし、私自身娘達を通じて今の生活概念、医療現場の変化向上に勉強させられることばかりです。最近では介護の問題も話題に上がるようになり、新しい知識情報を得ることも多いです。

薬局にいらした方々から「お子様はいくつになられましたか?」「どうしていますか?」と尋ねられます。読者の皆様も娘達のその後に感心がいくかと思い、少々僭越ですが娘達のことをお話させていただきます。

現在、長女二十四歳「まだ見ぬ子」次女は、二十二歳です。

私は父親のことはめったに話したことはございません。かと申しましても、父親の存在を拒《こば》んだわけでもありません。小学生までは「パパにおやすみのごあいさつは？」青磁《せいじ》の壺の中のお骨にむかい、「パパはあなた達のそばにちゃんといますよ」と話していました。

それと彼女達の笑いを得る話、たとえば乳児検診のときおしっこをかけられたこと。パパを誉めると天まで、いや宇宙までさまよい降りてこないし、けなそうものなら地下までもぐり出てこなかった、と話しますとお腹《なか》をかかえて笑い出します。反面けなしたということで「パパかわいそう」と夫をかばいます。

彼女達の心の中に夫の存在が生きているんですね。いくつになりましても私にとりまして天使です。笑顔がなによりです。夫が願いましたように笑顔がいつまでも続くことを望みます。

私は娘達にどうこう教えるのではなく、彼女達は彼女達の環境の中で人様に迷惑をかけず何ごとも努力すればよいことだと思っています。

夫の遺稿集は娘達が嫁《とつ》ぐその時、もたせたいと思っております。

機会あって腎臓移植の患者さんにお話を聞けることができました。夫が死を覚悟しました時、角膜の提供を申し出ましたが私はそれを果たせませんでした。二十代の私にとりまして、心臓、腎、その他の臓器をさしあげることには異論ございませんが、目をさしあげることはあまりにも残酷な行為に思えたのです。認識不足でした。それでその患者さんに「二人分生きていて下さいね。きっと提供者もそう願っていることと思っていますよ」「百歳まで生きること目標ね」と夫の意向を思い出しながら語りかけています。

患者さんを前にしますと遺稿集の中の「生きたい」と、映画の中での患者さんの「生きたいですわ」のセリフが心の中に残っています「生きていればきっといいことあるんです。生きましょうよ、お互いに！」

私も夫の分まで生き、おみやげ話をたくさんつくるつもりです。

「飛鳥へ、そしてまだ見ぬ子へ」が出版され多くの方々よりお手紙をいただきました。この文面をお借りしましてお礼を再度申し上げます。

夫の職場、岸和田《きしわだ》徳洲会病院の皆様、研修期間を沖縄県立中部《ちゅうぶ》病院でお世話になりましたスタッフの皆様、夫が、仕事に誇りを持ち、去っていきましたのも皆様のおかげでございます。お友達、ご親戚、弟達の励ましも随分と力になったことでしょう。遅くなりましたがお礼を申し上げます。そして、遺稿集が多くの方々に読んでいただき、お役にたてられたことは故人もどんなにか喜んでいることと思います。

本当にありがとうございました。

平成十四年六月

井村倫子《いむらみちこ》

まえがき

医療法人徳洲会理事長　徳《とく》田《だ》虎《とら》雄《お》

「私の心には三つの悲しいことがあります。一つめは、どうしても治《なお》らない患者さんに何もしてあげられない悲しさです。二つめは、お金のない貧しい患者さんが、病気のことだけでなく、お金のことまでも心配しなければならないという悲しさです。三つめは、病気をしている人の気持ちになって医療をしていたつもりでも、本当には病気をしている人の気持ちにはなれないという悲しさです。ですから、私は皆さんに、患者さんに対してはできる限りの努力を一生懸命していただきたいのです」

人間の体力と医師の良心の限界まで医療に尽くしきった、そして二度と病院に復帰することのないことを覚悟した井村和清《いむらかずきよ》先生の言葉は、あふれる涙で顔を上げることもできない岸和田徳洲会《きしわだとくしゅうかい》病院の全職員の胸に熱く、そして鋭くしみわたっていった。それは、井村先生が永眠される一カ月前、徳洲会病院の朝礼に最後にのぞまれた時のことであった。

右膝《ひざ》に巣食った悪性腫瘍《しゅよう》の移転を防ぐため、右大腿の付け根から切断してもなお、井村先生は医師としての職務を忘れず、わが岸和田徳洲会病院へ復帰した。病院のスタッフにも患者さんにも愛された井村先生の両肺に、悪性腫瘍が転移、再発していたことがわかったのは、それからまもなくであった。

やむなく再び徳洲会病院を去ろうとする日、自《みずか》ら朝礼に立った井村先生は、自分はどうしても仕事を続けたい、しかし、もはや仕事が続けられないのだという苦悩を打ち明け、徳洲会の全職員に対する遺言となった冒頭の〝三つの悲しみ〟について語ってくれた。


その日、私は、井村先生とは二度と会えないことを覚悟して、井村先生と奥さんの倫子《みちこ》さん、お子さんの飛鳥《あすか》ちゃん、そして砺波《となみ》(富山県)からお迎えにこられたお父さん、お母さんを大阪ロイヤルホテルに招き、食事をした。

最後の会食であることを考えると気が滅入り、言葉もでない状態であったが、笑《え》みさえ浮かべている井村先生に逆に励まされ、私は話しはじめた。

「人生は生まれてから死ぬまでの時間であり、その時間をいかに有効に使い、いかに多くの人々によい影響を及ぼしえたかである。お父さんは、開業医として多くの患者さんを診察してきた。私は、医師となってからの十四年間、よい病院を多く作ろうと努力してきた。井村先生は、あと数カ月しか生きられない、今、奥さんのお腹《なか》の中にいるお子さんにさえ会えないかもしれない。しかし、いったい誰の人生が有意義で、また可能性があると言えるのだろうか。人生は、時間の長さや短さではない。人生とは、与えられた時間をいかに有効に使い、いかに多くの人によい影響を与えたかということではないのか。

井村先生は、学生時代に大病を患《わずら》い、またこの一年間はガンと同じ不治《ふち》の病《やまい》と闘い、患者の立場、患者の心を体得した。そして、患者の心と気持ち、医師の心と立場を本当にわかる人間として、エネルギーの最後の一滴まで医療に尽くされた。しかし、最後にもう一つやっていただかなければならないことがある。それは、残された短い時間に、患者としての立場から、また医師の立場から真実を書き遺《のこ》すことだ。それを、多くの医師や看護婦さんに、また多くの患者さんに読んでもらうことによって、どれだけ多くの人々によい影響を与えられるか、計りしれない。真の人生とは何かを示すために、全力投球で書き記《しる》してほしい。それはまた、二人の遺児へのこの上ない〝遺産〟になるはずだから」

私の話を井村先生は、ニコニコしながら聞いていた。会食後、井村先生は、健気《けなげ》にも自分で車を運転して富山県砺波《となみ》市へと帰っていった。

その後一カ月、私は相変わらずの多忙さで、沖縄《おきなわ》、福岡、東京、北海道と飛び回っていたが、まだ二、三ヵ月はもつであろうという楽観があった。そして、もう一度会いにゆきたいと思っていたところに、井村先生から、〃徳洲会のみなさんへ〃という手紙を受けとった（本文133ページに収録）。しかし、亡《な》くなったという悲しい知らせが届いたのは、その直後、昭和五十四年一月二十一日であった。

枕頭《ちんとう》へ駆けつけて見た井村先生は、すでに冷たくなっていたが、その表情にはあの大腿部切断を宣告された時にも、そして最後に徳洲会病院の朝礼に立った時にも、私たちを励ましてくれたあのやさしい微笑《ほほえ》みがなお残されていた。

井村先生は、徳洲会病院に対して、医療に従事する私たちに対して、そしてまた病いに苦しむ多くの人々に対して、あの微笑みを永久に送りつづけ、励ましつづけてくれるだろう。

私は、井村先生の短くも激しく燃えた生涯をつづった本書が、多くの人々に読まれることを願っている。

昭和五十五年四月

目次

第二部

祈りをこめて　191

第一部

ありがとう　みなさん

はじめに

まもなく私は死んでゆかねばならない運命にあるのだ、と知ってから、ずっと考えていたことがありました。それは、残されたわずかの月日のうちに一冊の本を書きあげておきたいということでした。それは、私が三十年余、ここに生きたという証《あかし》であり、私のために泣いてくれた人々への私の心からのお礼の言葉であり、そしてなにも知らない幼いふたりの私の子供へ与える唯一の父親からの贈り物で、私の心の形見《かたみ》になると思ったからです。

そこで、私はこの本の献辞を、こう書きたいと思います。

私のふたりの可愛い子供たちへ。最後まで心を尽くしてくれた愛する妻へ。私の病《やま》いを誰よりも悲しんでくれている尊敬する両親へ。すばらしい友人たちへ。私を愛情で包み支えあげてくれている弟妹、親戚、同僚、知人の皆さんへ。私の帰りをいつまでも待ってくれている私の患者さんへ。そして、病いの床の中で苦しんでいる淋しがり屋の人達と、その人のために一緒に悲しんでいる世界中の心の優しい人々へ、この小さな本を捧げます。

井《い》村《むら》和《かず》清《きよ》

ふたりの子供たちへ

心の優しい、思いやりのある子に育ちますように。

悲しいことに、私はおまえたちが大きくなるまで待っていられない。私の右膝《ひざ》に発症した肉腫《にくしゅ》は、私が自分の片足を切断する手術を希望し、その手術が無事にすんだにもかかわらず、今度は肺へ転移した。肺の中で増殖しはじめたその肉腫は、懸命な治療に対してそれを嗤《わら》うかのように広がりつづけ、胸を圧迫し呼吸を苦しめる。もうあとどれだけも、私はおまえたちの傍《そば》にいてやれない。こんな小さなおまえたちを残していかねばならぬのかと思うと胸が砕《くだ》けそうだ。

いいかい。心の優しい、思いやりのある子に育ちなさい。そして、お母さんを大切にしてあげなさい。おまえたちを育てるために、お母さんはどんな苦労も厭《いと》わなかった。そして私にも、心を尽くして親切にしてくれた。

　父親がいなくても、胸を張って生きなさい。おまえたちのお祖母《ばあ》ちゃんは腎臓《じんぞう》を悪くし片方の腎臓を摘出《てきしゅつ》し、やがて聴覚も失い、音のない世界で病気と闘いながら、最後まで感謝の心をもち続け、ついに死ぬまで負けなかった。私も右足切断の手術を受けたけれども、負けなかった。これからは熱が出、咳《せ》きこみ、血を吐き、もっともっと苦しい思いをすると思うが、私は最後まで負けない。おまえたちの誇りとなれるよう、決して負けない。だからおまえたちも、これからどんな困難に遭《あ》うかもしれないが、負けないで、耐えぬきなさい。

　サン＝テグジュペリが書いている。大切なものは、いつだって、目には見えない。人はとかく、目に見えるものだけで判断しようとするけれど、目に見えているものは、いずれは消えてなくなる。いつまでも残るものは、目には見えないものなのだよ。人間は、死ねばそれで全《すべ》てが無に帰する訳ではない。目には見えないが、私はいつまでも生きている。おまえたちと一緒に生きている。だから、私に逢いたくなる日がきたら、手を合わせなさい。そして、心で私を見つめてごらん。

いま、私は熱がある。咳《せ》きこんで苦しい。けれども、腕が動くあいだに書いておきたいことがある。これは私が父親としておまえたちに与えうる唯一の贈り物だ。

お母さんを守ってあげなさい。ふたりの力で守ってあげれば、どんな苦労だって乗りこえられるよ。そしてもし、私が死んだあと、お母さんが淋しがっていたら、慰《なぐさ》めてあげなさい。やがて、もしも、お母さんの淋しさを忘れさせてくれる人が現われたら、再婚させてあげなさい。人間はいつまでも独《ひと》りでいるものではない。独りぼっちでいることほど悲しいことはない。

私の父母、おまえたちのお祖《じ》父《い》ちゃんお祖《ば》母《あ》ちゃんもまた、再婚して結ばれた人達だ。私の父も母も、その妻や夫に死に別れ、ひとりきりの毎日だった。ひとりぼっちでいた者同士がひとつになって、家の中に灯《ひ》がともった。あんなに苦しげだった父に明るさが蘇《よみがえ》り、不安気《げ》に私たちの家へやって来た母も、幸福に充《み》たされていった。こんなに良いことはない。

思いやりのある子とは、まわりの人が悲しんでいれば共に悲しみ、よろこんでいる人がいれば、その人のために一緒によろこべる人のことだ。思いやりのある子は、まわりの人を幸せにする。まわりの人を幸せにする人は、まわりの人々によって、もっともっと幸せにされる、世界で一番幸せな人だ。だから、心の優しい、思いやりのある子に育って欲しい。それが私の祈りだ。

さようなら。

私はもう、いくらもおまえたちの傍にいてやれない。おまえたちが倒れても、手を貸してやることもできない。だから、倒れても倒れても自分の力で起きあがりなさい。

さようなら。

おまえたちがいつまでも、いつまでも幸せでありますように。

雪の降る夜に　　　父より

あとがき

原稿をまだ半分も書き終わっていないのに、私は〈あとがき〉を書き始めています。それには訳があります。

一週間まえ、私は呼吸するたびに左側胸部に痛みを感じていました。日一日と心臓が左から右へ圧迫されていくのが分《わ》かります。胸水《きようすい》の貯留《ちよりゆう》が始まったのです。もう猶予《ゆうよ》できません。ここまでくれば、いつ机に向かうことができなくなるかもしれないからです。頭と尾があれば、胴は少々短くても魚は魚です。しかし尾がなければ、それは魚ではない。そこで私は、とにかく〈あとがき〉という尾を書くことにしたのです。

頼みがあります。

もし私が死にましたら、残るふたりの子供たちを、どうかよろしくお願い致します。私が自分の命の限界を知ったとき、私にはまだ飛鳥《あすか》ひとりしか子供はありませんでした。そのとき、私はなんとしても、もうひとり子供が欲しいと思ったのです。それは希望というよりは、むしろ祈りのようなものでした。私はそれまでに大量の抗癌剤《こうがんざい》の投与を受けていたので、もう子供はできないかもしれないと思っていました。しかし、祈りは通じ、ふたりめの子供が妻の胎内に宿ったのです。妻はこれはあなたの執念の子ね、と言って笑いましたが、私はどうしても、妻と飛鳥を、母ひとり子ひとりにしたくなかったのです。三人が力を合わせれば、たとえ私がいなくても、生きぬいてゆける。妻がもし艱難《かんなん》に出逢うことがあっても、子供たちふたりが心を合わせれば、細い体の妻をきっと助けてくれる。そう信じています。

この子供たちがやがて大きくなり、人の心が分かる年頃になったなら、私の生まれ育った北陸を訪ね、その山河を見せてやってほしいと思います。自分たちの体に流れている父の血の郷里を感じてほしいのです。そして私のことを教えてやってほしい。父を知らない淋しい子にならないでほしいのです。父がいなくても誇りをもって生きてほしいと祈ります。

もうひとつ、頼みがあります。私の死で、誰よりも悲しみ誰よりも泣いている父母を、どうか慰めてやって下さい。私には勿体《もったい》ない、仏さまのような父母なのです。父は自分のすべてを捨てても私を救おうとしてくれましたし母は実母ではないのに、血の通いあう肉親以上の深い愛情で私を抱きしめてくれていました。今はもう、私はこのやさしい父母に、何の孝行もできません。それよりも、親にわが子の葬式をあげさせる、こんな残酷なことはありません。悲しくてたまりません。

今から老いていくこの父母を、どうぞよろしくお願い致します。魂が永劫《えいごう》であることを信じていたいと思います。人の魂が永劫なものであるならば、いつかもう一度、父母の腕に、抱かれる日も来ようかと思います。もし人に生まれかわりがあり、私にその機会が与えられるなら、たとえ再び三十年余の短い人生であるにせよ、この父母のもとに子として生まれてきたいと思います。どうか、淋しがり屋で心優しい父母を、よろしくお願い致します。

飛鳥ちゃんとの楽しい入浴

最後にもうひとつ、頼みがあります。

私が死にましたら、私の骨を母が眠る能登《のと》半島（石川県）と、もうひとつ、沖縄《おきなわ》の土の中に眠らせて欲しいのです。妻とふたりの子供たちは、私がいなくなれば、やがては郷里の沖縄へ戻るでしょう。妻と子が住み、そして私が大好きな沖縄に、私も眠りたいと思います。

ありがとう、みなさん。世の中で死ぬまえにこれだけ言いたいことを言いそれを聞いてもらえる人は滅多《めった》にいません。その点、私は幸せです。

ありがとう、みなさん。

人の心はいいものですね。思いやりと思いやり。それらが重なりあう波間に、私は幸福に漂《ただよ》い、眠りにつこうとしています。幸せです。

ありがとう、みなさん、ほんとうに、ありがとう。

親子三人で出かける貴重なひととき

私の好きな言葉

母が死んでしばらく経ったある日、『梁塵秘抄《りょうじんひしょう》』（後白河法皇《ごしらかわほうおう》撰の歌謡集）という本の俗謡の中に、こんな歌をみつけました。私はこの歌に心うたれました。

仏《ほとけ》は常にいませども
現《うつつ》ならぬぞあはれなる
人の音せぬ　暁《あかつき》に
ほのかに夢に見え給《たも》う

私の好きな言葉です。そして、私はそっとこの歌の中の「仏」という文字を、「母」に置きかえて、なつかしんでいます。

私は泥棒

私が家の金庫からお金を盗みだすようになったのは、八歳の頃でした。右と左のダイヤルをまわして、まん中のボタンを押せば、チンと音がして盗《と》り放題の小銭が現われてくるのです。最初は十円玉だけを盗んでいましたが、そのお金で欲しい駄菓子を買い食いし、友人にも余剰金をふるまったりしていました。しかし、盗んでもなかなか見つからないと知るや、私が手をつける金額は徐々にふくらみました。五百円札や千円札を自由に選《え》り盗みをし、買ったオモチャは発見されぬよう屋根裏へ隠すようになっていったのです。

しかし、悪いことはいつまでも続きません。ある日、私が遊んでいると、母親が、こちらへ来い、と呼びつけるのです。私がふくれ面《つら》をしながら行きますと、母は私のポケットを指さし、中にあるものを全部出せというのです。私は拒否しました。しかし母はむりやり私のポケットを点検しました。沢山《たくさん》の小銭が出てきました。私は狼狽《ろうばい》し、弁解の言葉を捜《さが》しましたが、嘘をつくのはむずかしいものです。私は激しく母に叱《しか》られました。

「お父さんには言わんといて」

そう頼むのが精一杯で、あとはただ正座をして、母の叱言《こごと》を聞くだけでした。

「もう盗まんと約束するなら、お父さんには言わない」

怒った顔で言う母に、私はすがるように、

「約束する。約束する。そやから、お父さんには言わんといて」

「絶対に、もうしたらあかんよ」

私は泣きながら二度と盗むまい、と思いました。

ところが、私はまた盗んだのです。しまい忘れたお札《さつ》でしょうか、タンスの奥に、皺《しわ》くちゃになって入っている百円札を私は見つけたのです。これなら大丈夫。金庫の中のお金ではないから、見つかることはない。私は翌日、駄菓子屋へ走りました。そしてその晩、それがふたたび発覚してしまったのです。

「ちょっと、こっちへおいで」

母は私を誰もいない四畳間へ呼びました。

「なに？」

「なんでもいいから、こっちへおいで。そこに坐《すわ》られ」

「どうしたが」

私は不安でした。

「お金をまた盗ったね」

母は小さな声で言いました。

「盗らんよ」

私は怒って否定しました。すると母は、とても悲しげな顔つきになり、

「今日、お菓子屋さんで沢山《たくさん》買い物をしているのを、お母さんは見とったがやよ」

私は返す言葉を失いました。叱られる。お父さんに言われる。お父さんに叱られる。二度目だもの。堪忍《かんにん》してもらえる訳がない。私は頭を垂《た》れていました。

ところが、母はそれ以上何も言いません。叩かれると思ったのに叩かれず叱られると思ったのに、それ以上はなにも言わないのです。私はおそるおそる顔をあげました。

母は泣いていました。声をころして、泣き続けていました。あんなに淋しそうな母を、私は見たことがありません。そのとき初めて、私は、悪いことをしてしまった、何と親不孝な悪い子供なのだろう、としみじみ思ったのです。

母は私を叱りませんでした。父にも告げ口はしませんでした。けれどもその夜以来、私の盗みは終わりました。二度と母を泣かすまい、と幼な心に決心したのです。

とんぼの目玉

私が今まで一番感動したときの話をしましょう。それは、「とんぼの目玉」という歌を聞いたときのことなのです。歌を聞いて私が涙をみせてしまったのは、後にも先にも、これっきりです。

東京にヘレンケラー学院という学校があります。ここで「全国盲学生音楽コンクール」が開催されたのです。「とんぼの目玉」は小学校低学年の部の課題曲でした。

私が会場についたとき、まだ開演に少し時間の余裕がありましたので、私は会場には入らず、学院の付近を散策していました。沢山の子供たちがいました。目の不自由な彼らは手をとりあい、一列になって歩きます。先頭になるのは少しでも見える子で、彼が他の子供たちをリードしていくのです。みんなしっかりと手をとりあっています。少しは見えるといっても、先頭の子も弱視の生徒ですから、まっすぐ歩けるわけではありません。先頭の子が蛇行《だこう》すると、二番目も三番目も、一番後尾の子までが、その通りに蛇行していくのです。

開演の時刻が近付きましたので、私が会場に入ろうとすると、品のよい中年の婦人が、私を席に案内してくれました。彼女もまた盲目でした。彼女は私も盲目であると思ったのか、親切に私の手をひき、席へ案内してくれたのでした。やがてプログラムが開始されました。午前中は唱歌、午後が演奏ということです。唱歌は小学校低学年の部から始まりました。課題曲「とんぼの目玉」です。

とんぼの目玉は
青い目玉
いつもお空を見てたから
見てたから

どの子も皆、大きな口をあけ、顔を輝かせて歌っていました。見えない目を懸命にあけようとしている子もいる。胸を張り、ひとりびとり、実に堂々と歌うのです。

その歌を聞いているうちに、私は顔をあげることができなくなりました。涙がとまらないのです。その涙は、決してこの子たちに同情をしてのものではありません。自分自身が恥ずかしくて、泣きました。いま歌の最中でなければ、私はイスを投げすてて逃げ出したいほどに恥ずかしくてたまりませんでした。

この子たちには見えているのです。とんぼの目玉も、青い空も、みんな見えている。それなのに、私にはちゃんと二つの目玉がありながら、実は何も見えていないのではないか。まだ六つか七つの小さな子供たちなのに、こんなに必死に、しかも限りなく明るく生きている。それなのに、私はどうだ。

私はこの唱歌が続いているあいだ、顔を伏せたままでした。目が見えることが恥ずかしくて、泣いていました。

チャリティ

学生の頃の話です。新宿《しんじゅく》の地下道で、私は一冊の小さな本を買いました。それは東海地方にある重度身障児施設の人々が出している雑誌でした。一冊二百円のその本には、私の知らない世界の出来事が満載されていました。そこで働く人々の願いや素顔、ハンディにうちかって耐えぬく子供たちの毎日。私は感動し、読み終わるや早速《さっそく》、何千円かのカンパを添えてその本の編集者に励ましの手紙を送りました。学生であった当時、私にとって何千円かのお金は大金でした。それを送ったことで、私はいい気持ちに浸《ひた》っていたのです。

返事が来ました。

ひとつひとつ丁寧《ていねい》に書かれたその文字は、便箋《びんせん》にびっしりと詰まっていました。まず手紙には、カンパに対する礼が述べられたあと、重度身障児とはどんな子供たちであるか、その施設とはどんなものであるか、そこで働く人がいかに少ないか、が例をあげながら書かれています。そして、こう書いてあったのです。

あなたは私たちに励ましの言葉と貴重なカンパを送ってくれました。カンパは有《あ》り難《がた》い。しかし、カンパや励ましの言葉よりも、私達が本当に求めているのは、あなたの手であり足です。ここにいる子供たちに食事を与え、排《はい》泄《せつ》をさせ、背負い、車イスを押す手であり足なのです。この施設へ来て、私達と一緒に、この子たちと生きてみませんか。

読み終えて、私は恥ずかしさで一杯になりました。私はポケットの中の幾らかのお金を彼らに投じ、それで充分チャリティを行なっているつもりでいたのです。充分ほめられると思っていたのです。しかし本当は、私にはその施設へ入りこんでいくだけの勇気がなく、それでいてその人々を完全に黙殺するだけの冷淡さもなく、中途半端《ちゅうとはんぱ》な気持ちでお金を投じ、善行をつんだつもりでいたのです。

私には、重度身障児のために一生あるいは何年かを捧《ささ》げる度胸《どきょう》はありません。私は、ニネベの町へ行けと言う神の言葉に逆《さか》って逃げだしたヨナ（『旧約聖書』中の人物）のような、臆病者なのです。

それ以来、チャリティに寄付をするような場合、私は大変肩身の狭い思いでそれを行なっています。私には、自分の体をチャリティに捧げる心の広さがないものですから、僅《わず》かなお金を捧げることで、その場を逃げているのです。

自殺について

私が学生時代、下宿の隣室にA君という後輩が住んでいました。彼は真面目《まじめ》な男で、ひとつの事を考えだすと、とことんそれを考えつめるという性癖があり、そのため、ときおりノイローゼ気味になって独《ひと》り悶々《もんもん》としていることがありました。そのようなとき彼は決まって私の部屋へ来るのです。いろんな話をしているうち、気持ちがやわらぐのか、ひとしきり話し終わったあとは、元気に自分の部屋へ戻っていく。そういうことが何度もありました。

その彼が、自殺をしました。

原因はいくつかありました。しかし、その中で一番私を苦しめたのは、彼が一番悩みぬいているとき、私が彼の傍にいてやれなかった、ということです。井村さんに逢いたい。逢って話を聞いてほしいと幾度も彼は、下宿のおばさんに言っていたそうです。そのとき私は、すでに医大を卒業し、沖縄の病院で勤務していたのです。もし彼に逢って、以前のように彼の心の中にあるものをすべて私が聞いてやっていたなら、彼は死ななかったかもしれない。

自殺をする人間は弱い人間、とよく言われます。しかし、私はそうは思わない。自殺という勇気を必要とする行為へ彼を走らせたその苦しみは、どんなに大きかったろうと思います。ひとりで悩み、ひとりで苦しみ、ひとりで泣いて、そして、ひとりで死んでいかねばならない。こんなに辛《つら》いことはありません。しかし人は、自殺をする人間は弱い人間と嗤《わら》います。

沖縄での一年目、私は中年の女性の自殺未遂患者の治療をしたことがあります。埠頭《ふとう》から冬の海に飛びこみ、間一髪《かんいっぱつ》のところで救命に成功した患者です。回復して、彼女は小さな声で言いました。

「死なせて欲しかった」

彼女はクリスチャンでした。しかし、信仰嫌いの夫や姑《しゅうとめ》に、信仰を捨てろ、それとも家を捨てるかと日夜責められ、耐えて耐えて耐えぬいたあげくの入水《じゅすい》でした。この人をみても、私はやはり、自殺をする人間は弱い人間、とは思いません。その人に負わされていた苦悩の重荷を思うとき、とても私にはその人の行為を嗤うことはできないのです。

話は古くなりますが、昔、イスカリオテのユダという男がいた、と聖書に書かれています。彼はイエスの弟子でありながら、イエスを裏切り、その報酬として銀貨三十枚を受けとりましたが、イエスが罪に定められたのを見て後悔し、その三十枚の銀貨を投げ捨て、自殺しています。

彼は聖書の中で一番嫌われる役を演じ、死んでいったわけです。けれども私はまた、彼が好きです。イエスを売ること自体、彼の本心かどうかは知りませんが、それ以後の彼の悩みはどんなであったろうか、と思います。ひとりで泣き、ひとりで苦しみ、そして彼もまたひとりで死んでいったのです。イエスはキリストとなり、その弟子、ペテロ、トマス、ヨハネらはすべて聖者と呼ばれていくのに、彼は永遠に裏切り者なのです。

八歳の少年の自殺未遂を扱ったことがあります。彼は、服用した睡眠薬の量が少量だったので、一命をとりとめました。その彼が自殺を選んだいきさつはこうです。

彼にはひとつ年上の兄がいました。大変仲のよい兄弟で、近所の評判だったそうです。その兄が数日まえ、交通事故で死にました。それ以来、彼は自室へとじ籠《こ》もるようになったのです。睡眠薬を飲む前夜も、遅くまで起きていて、カセットテープを聞いていたのだそうです。テープには兄の声が録音されていました。

この事件に関しては、これ以上のことは分かりません。翌日の新聞には子供の自殺の記事が載《の》り、安易に死を選ぶ現代の子供、と論評が載っていました。安易に死を選ぶ、本当にそうでしょうか。死ぬということは怖《おそろ》しいことです。大変に勇気のいることです。兄のテープを聞き、自分も死のうと決心した弟の行為は、安易なことなのでしょうか。

私はそうは思わない。そこまで追いつめられ、彼はどんなに悩んだことかと思います。ずいぶん辛かったろうと思います。小さな胸を割るほどに悩みそして独りで死んでいく。彼らの苦悩を、オトナたちは決して理解しようとしない。自殺をする子は弱い子供。そしてその原因は、親の生活態度にあるとか、教師と生徒との断絶とか、社会のせいにしてしまう。本当にそうでしょうか。私は子供たちの自殺の記事をみるたび、胸がしめつけられます。記事には必ずといっていいほど学識者の論評を載せています。しかし私はおそらく、その子供たちはもっと違った、オトナの知らない彼らだけの世界で、ひとりきりで泣いていたのではなかろうかと思うのです。そして、死ぬことを選んだ。私はとても彼らを責められません。

人生は芸術であるといいます。芸術とは自己の表現であるといいます。そして人生は、死によって総括されます。私は今、生きています。けれども私の肺に広がる肉腫《にくしゅ》はあまりに大きく、あとどれだけ生きられるか、分かりません。これから次々にやってくる苦しみに、あるいはいつの日か自殺をもって終わらせようとするかもしれません。しかし、今、私は自殺したいとは思わない。まだ死によって人生を総括できないからです。まだ仕事が残っている。これを残して自殺はできません。生きている限り生き、歩ける限り歩いてゆかねばなりません。

どの人の人生も芸術です。自分の人生に満足し、ここで最後のピリオドを打ちたい人は、自らその命を絶つのもよかろうと思います。

けれども、まだ死にたくはなく、しかしそれでも死ぬ以外に道がなく、自分の重荷に押しつぶされそうになっている人々。誰もその苦しみを分かってくれず、ひとりきりで泣いている人々。どうかそのような人々、投身するまえにひとこと、考えてみてほしいと思います。後悔しませんか。あなたの人生を、いま死をもって総括しても、悔いは残りませんか。泣いているのはあなただけではありません。何千何万というひとりぼっちの人々が、今日もまた泣いています。その人々にひとこと声をかけてみませんか。

Never give up. We are champions.

（けっしてあきらめるな。私たちは戦士なのだ）

建築現場の槌音《つちおと》

越野《こしの》さんというお婆さんがおられます。歳《とし》はすでに八十をまわる高齢ですが、かくしゃくとしてどんな仕事でもこなされる達者ものです。いつもニコニコと笑みを忘れず、お孫さんから、仏さまのように優しいお婆ちゃん、と慕《した》われている人なのです。このお婆さんが、先日、大変な交通事故に遭《あ》われました。車にはねられたのです。お婆さんは、何ヶ月も病院のベッドのうえで暮らさねばならなくなりました。その傷は随分と重かった。なにしろ高齢ですので、もう二度と立てないのではないか、と皆が心配していました。

ある日のこと、ベッドのうえで包帯だらけになっているお婆さんに尋《たず》ねました。

「痛むでしょう」

「はい」と、お婆さんは笑って答えます。

「ズキン、ズキンと痛みます」

「ずいぶん苦しいでしょうねえ」

そう言いますと、お婆さんは目を細めて、

「いいえ、苦しくはないですよ」と言われるのです。不思議なことをおっしゃるものだ。痛みが苦しくない筈《はず》はないじゃないか。

するとお婆さんは言われました。

「ズキン、ズキンとするのは痛いけれど、私にはそれが、建築現場の槌音《つちおと》のように感じるのです。ズキン、ズキンとくるたびに、私の壊《こわ》れた体が健康な体へと生まれかえさせて頂いている。そう思うと、勿体《もったい》なくて、手をあわせているのです。ですから、少しも苦しいとは思わないのです」

おだやかに話されるお婆さんの目は優しく、まるで観音《かんのん》さまのようでした。そのお婆さん、今はすっかり元気になられ、またあちこちを飛びまわっておられます。

横内《よこうち》イトノさん

横内《よこうち》さんの話をしましょうか。

横内さんは、私が二年にわたって主治医になっていた患者さんで、悪性リンパ腫という血液の病気を背負ったお婆さんです。この横内さん、初めは元気だったのですが、次第《しだい》に病気の進行とともに体力が衰《おとろ》え、やがては下半身が完全にマヒし、動かなくなりました。感動神経も知覚神経も傷害《おか》されているため、臍《へそ》より下部のすべての筋肉が動かず、また針で刺しても痛みを感じることもありません。排便も排尿も自由にならず、寝たきりの毎日となりました。人はそのような姿になると、とかく気がいら立ち、あるいは自暴自棄になるものですが、横内さんは違いました。私が病室へ廻診《かいしん》に行きますと、いつも私を見るや、嬉しそうに、にっこり笑ってくれるのです。どんなに苦しいときでも、私の姿を見ると、その痛みを忘れるかのように嬉しそうに笑顔をみせてくれるのです。その笑顔がまたいいのです。

「痛みますか」

「苦しいですか」

「食事を食べましたか」

わずか十分ほどの廻診ですが、横内さんは幸せそうに笑顔を見せてくれるのでした。どんなに苦しくても、治療に関して一切の不満を洩《も》らしません。薬をもっていくのが遅れたり、ガーゼ交換をするのにこちらの手違いのため随分長く苦しい姿勢を強《し》いることがあっても、それでも横内さんは笑顔を忘れないのでした。

やがて病気はさらに進み、横内さんはＩＣＵ（集中治療室）という重症患者用の部屋に移されました。呼吸状態がわるくなり、気管切開も行ないました。そのため、呼吸は楽になりましたが、もう声は出せません。それでも私が廻診に行きますと、横内さんはあの笑顔で私を迎えてくれるのでした。そして私に手ぶりで意志を伝えます。先生、あなたは一番の先生、と言ってくれるのです。そして手をあわせ、私を拝《おが》んでくれるのです。なんと勿体《もったい》ない。私はたじろぎました。たかだか経験五年の新米《しんまい》医者の私です。私に何の力もない。死に向かって歩み続けなければならぬ患者の傍《そば》で自分の無力さに歯ぎしりをし、その私にできることは患者の手を握っていてあげることぐらいの、そんな私に、感謝してくれる。手を合わせてくれるのです。勿体なくて、私もまた手を合わせたい気持ちでした。

その日も、私はＩＣＵへ横内さんの廻診に行きました。すでに呼吸が弱く人工呼吸器による補助呼吸がはじまっています。意識状態は半昏睡《こんすい》と昏迷《こんめい》状態を行きつ戻りつしているところでした。もう家族の顔もほとんど判別できないようです。私は横内さんの傍に立ち、手を握りました。循環の悪いその皮膚は生命の温《ぬく》もりをもう感じさせません。そのとき、横内さんは瞼《まぶた》をあけました。私を見つけたのです。何か言おうとするのですが声が出ません。その目は、あのいつもの優しい目でした。笑顔で私を見てくれます。私にむかって手を合わせ、唇はハッキリと、アリガトウと動いています。そして横内さんは目を閉じ、合わせた手を自分の胸におきました。これが横内さんの最期の言葉となりました。

最後まで病気に勝ち、医者に看護婦に家族に感謝しながら横内イトノさんは静かに去っていきました。あの横内さんの姿は、今もなお私は忘れることができません。死と直面し、少しも臆《おく》することなくそれにうちかっていける人は多くはいません。横内さんはそれを、たえることのない感謝の心と笑顔で実現させたのです。立派な患者さんであったと思います。

かけがえのないもの

いきなり救急車がER（救急室）へ重症患者を運びこんできたとします。その患者さんはすでに呼吸は停止し、心臓はかすかに動いているものの死の直前です。人工呼吸、酸素吸入、気管内挿管、人工呼吸器《レスピレーター》接続、同時にエラスタ針で血管確保、輸液開始、昇圧剤投与。とにかく心臓と肺を動かさないと話になりません。これが蘇生術《リサシテイション》です。心電図モニター、心《しん》マッサージ。輸液全速。カウンターショック、もう一発。駄目だ。心電図はフラット（水平状態）のままで活動性を示しません。これ以上続けても、意味がない。

「よし、やめよう」

医師のひと声で、患者の死が決まります。手ぎわよく、看護婦が酸素のコックをしめ、心電図の電源を切り、輸液をとめます。医師は患者の家族に対

し、低い声で、

「残念ですが、御臨終です」

告げられた家族は遺体にすがりつきます。どの顔も信じられない、信じたくないという当惑と悲しみにあふれています。遺体は霊安室へと移される。そしてすべてが終わります。


これは、救急患者を扱っている病院なら、毎日のように経験する出来事です。今まで一面識もない患者が運びこまれ、それがすでに手のつけようのないほどの悪い状態で、そのまま病室へ入るまでもなく逝《い》ってしまう。よくあることです。そして、その治療を行なっている最中の医師や看護婦は一秒の無駄も作らぬよう必死で救命に当たりますが、結局治療の甲斐《かい》なく患者が他界すると、すべてはそれで終わります。あとには何も残りません。ひとつの仕事がすんだだけです。それはその患者が彼らにとって、何十万何百万人といる不特定多数の中のひとりの患者でしかなかったからです。

けれども彼は、もし救急室での蘇生術が効を奏し、何とか状態をもちなおして病室へ入ったらどうでしょう。最初に救急室で診《み》た医師は主治医となり毎日廻診に来るようになります。

「楽になってきましたか」

「今日のように雨の降る日は体の具合いもよくないでしょうね」

「深呼吸したら脇腹が痛むということはありませんか」

だんだん医師と患者の心が通じあうようになります。患者は、医師の廻診の時刻を待ちわびるようになるし、医師は朝から、今日はあの患者の容体はどうだろうか、苦しんではいないだろうか、と気にかけるようになります。こうなると、もう最初の味気《あじけ》ない単なる医師対患者ではなくなってくるのです。医師にとって、その患者は、いまではどこにでもいる多くの患者のひとりではないのです。たったひとりの大切な患者で、それはまるで自分の肉親か友人のように感じるのです。これが医師と患者の人間関係です。

数日後、この患者が死んだとします。治療に当たっていた主治医はどんな気持ちで、家族に臨終を告げるでしょう。医者にとって、自分が診てきた患者の死に直面することは辛《つら》いことです。それが長くつきあってきた患者であればあるほど、その辛さはふくらみます。それはその患者がもう自分にとって他人ではないからなのです。

医者と患者の人間関係ほど大切なものはありません。ある意味では患者が医者にとって他人ではなくなった日から、本当の医療が開始されてゆくのかもしれません。日本では古くからそれが大切に守られてきました。守り続けてきてくれた人々は、開業医の先生方です。先生方は家庭医《ホームドクター》として、多くの人々の心をとらえ、病気に苦しむ人々を守ってきてくれました。ところが、この人間関係が薄らぎはじめているといわれています。医者の側にも反省すべき点はあると思いますが、患者が医者を信用しきれず、医者は患者をつねに警戒するといった時代がきたら、もう日本には医療はなくなります。病苦の重荷を背負った人は、どこまでもそれをひきずり、泣きながら歩いてゆかねばならない、そんな世界にはなってほしくないと思います。

「おばあちゃん、気分はどうですか。何とか頑張って、もう一度自分の足で歩いて退院できるようになろうね」

「先生、ありがとう、頑張っていますよ」

それが医療だと思います。心と心のコミュニケーションです。それがあるから、医者はその患者のために自分を犠牲にしてでも何かしたいと努力をするし、それに応《こた》えて患者も療養に専念し自分の病気をのりこえていく。そしてそれにより、また医者は患者から教育されることになるのです。

サン＝テグジュペリの『星の王子さま』の中で、キツネが王子さまにこう言っています。

「おれの目から見ると、あんたはまだ、いまは、ほかの十万もの男の子と、べつに変わりない男の子なのさ。だから、おれは、あんたがいなくたっていいんだ。あんたもやっぱり、おれがいなくたっていいんだ。あんたの目から見ると、おれは、十万ものキツネとおんなじなんだ。だけど、あんたが、おれと仲よくなると、おれたちはもう、お互いに離れちゃいられなくなるよ。

あんたはおれにとってこの世でたったひとりの人になるし、おれはあんたにとって、かけがえのないものになるんだよ……」

そして、最後にこう言うのです。

「心で見なくちゃ、ものごとはよく見えないのさ。かんじんなことは、目には見えないんだよ。……人間っていうものは、この大切なことを忘れているんだよ」（内藤濯訳・岩波書店）

鈴木房子《ふさこ》さん

内科診療を依頼されて私が外科病棟を廻診しているときのことでした。女子病室を出ようとすると私を呼ぶ声がします。

「先生。すみません、先生」

窓ぎわのベッドにいる中年の女性でした。

「どうしたのですか」

杖《つえ》をつきながら私が彼女の傍《そば》に寄ると、小さな声で、

「あのう、わたし、癌《がん》なんです。もう手術もできないほど進んでいるのです。手遅れなのです」

驚きました。患者からいきなり、私は癌です、と言われたのですから、返す言葉がありません。この女性が鈴木房子《ふさこ》さんでした。

鈴木さんは自分の腹を私に見せ、

「ほら、凄《すご》いでしょう」

と淋しげに笑うのです。私は触診《しょくしん》しました。明らかな肝癌《かんがん》です。右季肋《みぎきろく》部《ぶ》から臍《へそ》のあたりまで、巨大な腫瘤《しゅりゅう》があるのです。腹水もあります。私は鈴木さんの足をみました。それは象の脚のように膨《ふく》れあがり、痛々しいものでした。

「ここまできたら、もう打つ手はないですよねえ」

鈴木さんが私を呼びとめたのは、このひと言《こと》のためでした。ここまできたら、もう打つ手はないですよねえ。助からないですよねえ。死ぬしかないのですねえ。私は鈴木さんがそうつぶやいているように聞こえました。しかし私はそのとき、鈴木さんについては何も知りません。本人は癌であると悟《さと》っているようですが、外科の主治医が本当にそう言ったのかどうか。門外漢の私がうっかりしたことは言えません。その日、私は鈴木さんの言葉に、肯定も否定もせず病室を出ました。

鈴木さんは自分の全てを知っていました。主治医の先生の話では、もう外科的に行なえることはなく、体力が衰えていて抗癌剤も使えない。手の打ちようがないのだ、ということでした。鈴木さんは自分の病状の進み具合いからみて、私の病気は癌以外にありえないと考えて、夫や子供を問い詰めたのだそうです。そして、自分が助かる見込みのない癌であることを知ったのでした。私たちは、鈴木さんを外科から内科へ転棟《てんとう》させることにしました。

「鈴木さん。外科の先生から詳《くわ》しい話を聞きました。鈴木さんは免疫療法《めんえき》というのを聞いたことがありますか」

「いいえ、知りません」

「内科へ移って、免疫療法をやってみましょう。もしかすると、それが効果を示してくれるかもしれないですよ」

「私のような手のつけようのない患者にも効くのですか」

「手のつけようのない状態かどうかは分かりません。やってみましょう。やっても、効果がないかもしれない。しかし、もしかすると、効果が現われてくるかもしれない。それは、やってみなければ分かりません。やるとすればこの免疫療法しかないと思いますよ。一緒に可能性に挑戦してみましょう。そして、何としてでももう一度歩いて退院しなくちゃいけませんよ」

鈴木さんは頷《うなず》きました。私は早速、鈴木さんの免疫療法を開始し、同時にツベルクリン反応を検査しました。皮内反応は陽性です。ということは、癌がここまで進行しているにもかかわらず、まだその体には遅延性免疫能《のう》が残されている、すなわち、免疫療法に生体が反応を示してくれる可能性があるということを暗示しているのです。

内科へ転科してから、鈴木さんの全身状態は好転しました。腹水《ふくすい》が消失し足の浮腫《ふしゅ》もとれました。食欲も戻り、顔色もよくなってきたようにみえました。そしてまた鈴木さんはよく治療に応《こた》えました。医者や看護婦の指示をよく守り、決して負け言を言わず、過去をいたずらにふり返らず、ただ生きたいという一念で、治療に専念されたのでした。

「先生、治《なお》りたいですわ」

それが鈴木さんの口癖のようになりました。しかし肝腎《かんじん》の上腹部の腫瘤は

増大も縮小もしません。何ヶ月かが過ぎました。

「先生、たとえこれで死んでも、私は満足です。ここまでして貰ったんです

から、何も悔《く》いはありません」

そういう鈴木さんの足が、また以前のようにむくみはじめてきたのは秋の

半ばでした。食欲も低下し、ときおり激しい背部《はいぶ》痛を訴えるようになってき

たのです。数ヶ月の間、癌の進行をくいとめてくれていた免疫療法が、ここ

へ来て癌の力にねじふせられたのです。ふたたび癌は進行をはじめ、その下《か》

縁《えん》は下腹部にまで及ぶようになりました。もうトイレにまで歩いていく元気

もなく、ベッドの傍《そば》に立つのがやっとという状態になっています。それでも

鈴木さんは泣き言《ごと》を言おうとしませんでした。まもなくやってくるであろう

終焉《しゅうえん》の時をじっと見つめながら、最後の力をふりしぼって立ちあがろうと

しているのです。尊い生命力そのものが、鈴木さんの中にありました。

看護婦さんが舌を巻いてこう言いました。

「先生。鈴木さんという人は辛抱《しんぼう》強い人なのですねえ。決して弱音《よわね》を吐かずどんなに苦しくても笑って立ち向かっていく人なのですね」

鈴木さんは死にました。最期まで鈴木さんは自分の死を見つめ、その到来を知りながら、必死に闘っていた。そしてついにそれにうちかって、この世を去っていったのです。立派な患者さんであったと思います。このような患者さんに出逢うたびに、私は胸がひき裂《さ》かれる思いが致します。そして、たしかに医者は誰よりも患者さんから医療の何たるかを教えられ、育てられていくものだなと感じるのです。

Kさんの悲しみ

Kさんは私が主治医になっていた腸癌《ちょうがん》の患者さんです。もう随分と年を経たお婆さんですが、ひとり暮らしをしているのでした。身寄りがない訳ではありません。娘さんがちゃんといるのですが、Kさんのほうから娘さんを避け、一緒に住もうとしないのです。それは、Kさんが財産持ちだったからです。自分の財産を娘が奪い取りはしないか、それが心配で、たとえ自分が入院をしてさえも、娘を呼びたがらないのでした。

「Kさん。あなたの病気は長びきますよ。娘さんを呼びましょう。少なくとも、病気の説明だけはしておかなくてはいけませんからね」

Kさんは渋々《しぶしぶ》承知しました。病院からの連絡で、娘さんは飛んで来ました。Kさんとは正反対の性格の優《やさ》しい娘さんです。すでに嫁《とつ》いで子供がいるためずっと付き添うことはむつかしいが、できる限り母親の傍《そば》にいてやりたいと思います、と彼女は語りました。その彼女に、Kさんはこう言うのでした。

「おまえは私の財産を狙《ねら》ってやって来たのだろう」

腸癌は胸へ転移し、胸水《きようすい》が貯留《ちよりゆう》しはじめました。右の胸にも左の胸にも癌細胞を浮かした水がたまり、Kさんは横になって眠ることができません。すぐ呼吸困難に陥《おちい》るからです。Kさんは毎日、坐ったままの姿勢で寝ていました。私が廻診に行くたびに、Kさんは泣きました。

「先生、助けて下さい。先生、死ぬのは恐ろしい。助けて下さい」

私の白衣をつかんで離しません。それほど治りたいという願いが強いのに投与される薬のほとんどをKさんは拒否するのでした。

点滴《てんてき》注射は痛いから厭だといいます。内服薬は飲んだらどんな副作用がでるか分かったものではないから、飲まない。筋肉注射は、気分のいい日ならしてよろしい。万事こんな調子で、いくら治療について説明しても、あとは泣くばかりで始末におえません。

家政婦さんがついても、すぐに辞《や》めてゆきます。机の中の財布からお金を抜かれやしないか、とKさんが目を光らせるから、どの家政婦さんも飽《あ》き飽きしてしまうのです。Kさんがどのくらいの財産家であるのか、私は知りません。何十年もひとりで生き、その間にはたしかにKさんの財産を狙う悪い人がいたのかもしれません。それらの外敵から必死でわが身と自分の家屋を守りぬいてきたKさんには、他人を信じ、他人の思いやりを受けいれるだけの心の余裕がなくなっていたのも、仕方のないことなのかもしれません。

そして、Kさんは死にました。Kさんが逝《い》ったとき、その死を悲しんでいたのは娘さんひとりでした。誰もKさんの死を悼《いた》んで病院へやって来ないのです。ひとりきりで生きてきたKさんは、たったひとりの娘さんに抱かれて死にました。Kさんは、この世で最も不幸な人のひとりだったのではないでしょうか。重い〱十字架をたった独《ひと》りで背負い、長距離を泣きながら歩き続け、そして倒れ、死んだのです。ひとりぼっちでどんなに淋しかったろうかと思うのです。あまりに可哀そうな人でした。

医療過誤

私の母は腎《じん》結核でした。片腎を摘出《てきしゅつ》したものの残る腎臓もやがて障害をきたし、金沢《かなざわ》大学付属病院へ入院したのが、昭和四十三年のことでした。

母にはカナマイシンの筋肉注射が開始されました。母は医者の妻であったので薬についてはある程度の知識がありました。何日かたったある日のことです。

「体がふらつくようになった」

と母は言うのです。

「カナマイシンの副作用じゃないかしら」

主治医の先生は、母の心配を笑ってうち消しました。やがて母は、耳鳴りを訴えるようになりました。それでも先生は母の申し出を聞き流しました。

数日後、母は難聴《なんちょう》に陥《おちい》ってゆきました。

「もうカナマイシンはやめて下さい。完全に耳が聞こえなくなってしまいます」

何度も頼んでいる母の姿が思い出されます。看護婦さんが筋肉注射を射《う》ちにやってきます。

「それ、カナマイシンでしょう。お願いですから射たないで下さい」

「カナマイシンじゃないですよ、ビタミン剤だから、心配しなくていいですよ」

と言いながら、射っていたのはやはりカナマイシンでした。そして、母が聴覚をすべて失ったのは、体がふらつくと言い出してから十日めのことでした。完全に聞こえなくなって初めて、病室で聴覚検査が行なわれました。母の耳には何の音も響きません。ようやくカナマイシンは投与中止になりました。

日中、母は決して悲しげな顔を見せませんでした。聴覚を失っても、母は楽しげに毎日を生きていました。しかし夜、私は、母がフトンをかぶって独《ひと》りで泣いていたのを知っています。私は今でも、カナマイシンを射たないでと祈るように頼んでいた母の姿が、昨日のことのように思い出されます。そして、ビタミン剤だとなだめていた看護婦さん、貴女《あなた》は心配性ですね、と言って笑っていた主治医の先生。この人達にほんの僅《わず》かの配慮があれば、医療従事者として最小限の注意を払っていてくれれば、母は完全な聾《ろう》（耳が聞こえなくなる）となることもなく、またあれほどまでに母を苦しめずに済んだのではなかろうか、と残念でたまりません。そしてその母は翌年ついに聴覚を失ったまま他界しました。

看護婦さんにも主治医の先生にも、母を治そうとする気持ちがあふれていたことは事実です。善意と善意が寄りあっていても、気のゆるみがあると、大変な不幸な事態を招いてしまう。そしてそれは、とり返しがつかない場合が多い。医療に従事する者は、充分肝《きも》に銘じておかねばなりません。決して悪意はなかったのだ、と謝罪しても、もう遅いのです。私は医者。母のような患者を決してだしてはならないと考えます。

奇跡が生まれた

沖縄《おきなわ》での話です。

その子は未熟児で、生下《せいか》時体重が九百グラム余でした。生後どんどん体重が減少し、私たちの病院へ転送されてきたとき、体重は八百グラムを大きく下まわっていました。それは片手に乗る生まれたての猫の子よりも小さく感じられたものです。

それがどんなに低体重であるかは、普通の新生児がほぼ三千グラムであることを考えると、お分かりになるでしょう。なんと、普通のベビーの、四分の一の体重しかないのです。

私は今は内科医ですが、その頃は小児科医でしたので、早速チームを組んでこの子の治療に当たることになりました。なにしろ低体重であることに加えて、いくつもの大変な問題がありました。その中で最も大変なことは、このベビーが、しょっちゅう呼吸停止をおこすことです。いや、呼吸停止だけではない。心停止も同時におこすことが、何度となくありました。もちろんミルクを吸う力などありません。私たちは最初から絶望視していました。八百グラムにも充《み》たない極小未熟児が、設備も乏《とぼ》しい沖縄で、救命されえようか。よしんば救命されたにせよ、これほどまでに頻繁《ひんぱん》に呼吸停止や心停止が生じているのだ。脳がまともに発育しえようか。あるいは目はどうだ。未熟児網膜症は確実にやってくるだろう。そういう思いで押しつぶされそうになり、医師も看護婦もなかば完全な救命はあきらめかけていたのです。これで助かるなら奇跡がおこる他《ほか》はない。そうまでも思いました。

そんな私たちに、もう一度なんとかやってみようという気をおこさせたのは、ベビーの母親の姿でした。彼女は、いくら医師から助かる可能性が少ないと説明を受けても、希望を捨てませんでした。差しでがましいことを一切言わない控え目な彼女でしたが、毎日毎日病院へ通い、わが子を祈るようなまなざしで見守り続けるのです。重症患児用の部屋に収容されている自分の子供とは、保育器と、部屋の窓との、二枚のガラス越しでの対面です。自分の腕で抱いてやることはできません。声をかけることも、わが子の泣き声を聞くこともできません。それでも毎日彼女は通い、夜通し、自分の子供を見守り続けるのです。黙っていつまでも祈るように自分の子供を見つめているそんな母親の姿は私達の胸をうちました。保育器の傍《そば》には若いドクターがつきっきりで、昼夜を問わず、呼吸や心臓が止まるベビーの治療を続けました。

その子が、やがて元気に退院する日が来ました。発育はすばらしく、知能の遅れもなければ、心配した目の機能も大丈夫。完全な退院でした。

生きようとする無心な赤子の姿。生きて欲しいと祈る母の心。生かせたいとする医療従事者の心。このみっつの心がひとつになったとき、奇跡は生まれたのです。

私の履歴

私の三十一年間の略歴を紹介しましょう。私の父は医師、井村和男《いむらかずお》。生みの母はやす子で、昔は学校の教員をしていました。二度目の母は千重子《ちえこ》といい、けっして怒った顔をみせたことのない、心の優しい茶華道《さか》の教師です。

昭和22年8月12日が私の誕生日です。富山県の山中にある雄神《おがみ》という村の診療所で私は生まれました。その診療所の医師が、私の父親です。どんな名前にしようか。父母は大変に悩んだようです。村長は「一郎」をすすめました。しかし結局、私の名前は、父親の名より一字をとり、もう一字を祖母の名「清」にちなみ、「和清《かずきよ》」と決まったのです。

昭和24年、父は山を降りる決心をしました。砺波《となみ》平野の中央に位置する出町《でまち》（現在砺波市）に出、内科小児科を開業したのです。そのとき父29歳、母28歳という若さでした。その年に私の妹が生まれます。

昭和25年4月、私は青葉《あおば》幼稚園へ入園することになります。はじめのうち私は毎日のように「母《かあ》ちゃん、母ちゃん」と言って泣き、先生を困らせていました。

幼稚園での思い出の中のひとつに、紙芝居を見て泣いたことがあります。それは私にとって初めての経験でした。感動で涙がとまらなかったのです。紙芝居の題名は「フランダースの犬」でした。可哀そうで一日中泣いていました。

もうひとつ思い出があります。先生が園児全員に、

「あなたがたは大きくなったら何になりますか」

と、尋《たず》ねられたことがあるのです。そのとき私は、医者になります、と答

えていました。本当は、自動車の運転手になりたかったのですが、父が常々私に「おまえは医者になるのだ」と言っていましたので、そう答えていたのです。

昭和28年4月、出町《でまち》小学校へ入学します。その頃の私は弱虫で、ケンカをしても勝算がないので、いじめっ子が来るといつも先頭きって逃げまわっていたように思います。そのくせ自分より小さい者弱い者には高慢で、イヤな子供でした。そして小学校三年生のとき、家の金庫からお金を抜きとるような不良少年になっていくのですが、この「泥棒」に関しては別項に詳しく書きましたので、ここでは割愛《かつあい》します。

私は釣りが好きでした。よく夏になると庄川《しょうがわ》まで鮎《あゆ》釣りに出かけたものです。小学校5年生のときです。私は庄川で鮎釣りをしながら、不思議な経験をしました。針にかかった若鮎をビクに入れようとしたときのことです。チチチ、チチチ、という声がします。細い絹糸のようなその声は、私の手の中の鮎《あゆ》の鳴き声だったのです。哀《かな》しげな、弱々しい声でした。鮎が鳴いているのです。私はその鮎を川へ返してやりました。それ以来、私は釣りに行く気がなくなったのでした。私の釣りは魚を獲《と》ることが目的ではなく、あのビクビクとする針に魚がかかった瞬間の手応えを楽しむためのものでした。けれどもあの感触は、実はその水面で魚がもがき苦しんでいるものであり、それを私は道楽として楽しんでいたのです。

小学校中学校を通じ、私の学業成績は滅多《めった》にクラスで一番になったことはありません。どのときも一人、学力、人格ともに抜群の友人が私のうえにいて、何度テストがあっても私はいつも二番か三番でした。

いつのことだったか、担任の先生が生徒会員に作文を書かせたことがあります。テーマは「私の希望」でした。私はその中で、

「僕は将来、医者になります。そして癌《がん》を治す薬を発明して、ノーベル賞をとります」

と書きましたら、先生がそれを読み、「私の希望」を訂正し、「私の夢」とされてしまいました。私の能力の限界を、先生はちゃんと見ぬいておられたのです。

私の進んだ高校は、富山県立高岡《たかおか》高校で、高岡市にある普通科高校でした。一年生の頃、ある事情からキリスト教の牧師さんに接する機会を得まして、その牧師さんから多くのことを学んだのです。遠藤富寿《えんどうとみじゅ》牧師とおっしゃるその牧師さんは、私の一番の恩師です。この先生にお逢いしてから、私の価値観、人生観が大きく変化していったようです。私は高校で、ハイスクールYMCAという同好会を作り、また一年生のクリスマス礼拝の日に、私は遠藤牧師から洗礼を受けました。それからの三年間、私は敬虔《けいけん》なクリスチャンでありました。

大学は日本大学医学部へ入学しました。昭和41年のことです。そして大学二年目に、私はネフローゼ症候群という腎臓病で、大学を二年間休学することになるのです。この間に私は同人雑誌に参加し、いくつかの小説を書きましたが、私の小説はどういう訳かいつも主人公が動物なのです。たとえば、ポケットモンキーが主人公になりましたし、人語を解するゴリラ、迷子《まいご》のカッパの子、瞳の大きなチンパンジー、熱帯魚、ニワトリ、中には大変ほめて頂いた作品もありましたが、総体的に評価はもうひとつパッとしませんでした。丁度その頃、同じ同人雑誌に書いていた人々の中には、たとえば中上健《なかがみけん》次《じ》氏のように、ついに芥川《あくたがわ》賞作家として名をあげた人もいますが、私のほうはこのあたりで頭うちとなり、自分は小説を書くような器《うつわ》ではないのだ、と悟るようになるのです。

昭和44年12月、母が死にました。私が二年間腎臓病と闘っているあいだ、体の弱い母はわが身を捨てて私の看病をしてくれたのです。その疲れもあったのか、母は初雪の降る中、私の帰宅も待たずに独《ひと》りで逝《い》きました。母は腎結核で、それももう末期の状態だったのです。母は自分の死期の近いことを充分に知っており、それでもそれにうちかって、死んでゆきました。12月1日付で私に最後の手紙を書き、私に対して礼をのべ、三人の妹弟をよろしく頼むと言い残し、12月10日に息をひきとっているのです。

昭和45年、母の一周忌に、私は一冊の小さな本を出しました。母が残していった短歌を集めた遺稿集です。「母」と銘をいれたこの本は、私の宝です。そのうち是非《ぜひ》、弟たちの手でこの本を復刻して欲しいと願っています。沢山の人々にお分けしたため、もう手もとに一部しか残っていないからです。

その年、私の家へ新しい母がやって来ます。不安気《げ》にやって来たその母はまるで亡《な》くなった母が再びわが家へ戻ってきてくれたようななつかしさを、私たちに与えてくれました。血の通《かよ》いあう母子以上に、母は私たちに愛情を注《そそ》いでくれるのです。消えていた私の家に灯がともり、悲しんでいた父に笑顔が戻りました。

大学に入ってから、私は教会から離れました。聖書は手離しませんでしたが、多くの点で私に理解しがたい問題が生じてきたことと、教会で祈る自分自身の中に偽善の部分を見るようになったため、私は敬虔《けいけん》なクリスチャンから、転びクリスチャンへと転落したのです。それでも、私はイエスが好きです。ペテロが好きです。そして、イスカリオテのユダにも情を感じるのです。

昭和45年頃より、私には旅行癖が発症します。とにかく遠くの知らない国を旅してみたい。私はチャンスを見つけては、リュックサックを背負い、ひとり旅に出かけます。開放前の南ベトナムでもひと夏を送りました。そして、マレーシア、韓国、チェコスロバキア、台湾、西ドイツ、タイ、と私は歩き続けます。いつも独りで、世界中を歩きまわり、世界中に友人ができました。若いうちに地球を見てまわることは、大変に勉強になります。功なり名とげてからの外国旅行では、その国の生きた毎日をうかがうことはできません。正面玄関から応接間へ通され、庭園を眺《なが》めて帰ってくるだけのような旅行です。けれども若いうちに、自分の若さにあったプランでその国に飛びこんでいけば、そこに渦《うず》まくその国のエネルギーそのものに直面できるし、自分の足で歩きまわるうちに多くの友人ができ、彼らから夥《おびただ》しい量の教育を受けることが可能です。

昭和49年、大学を卒業して医者となり、沖縄県立中部《ちゅうぶ》病院に研修医として参加します。なぜ沖縄を選んだのか、とよく問われます。理由は、大学の医局に留まらず外へ飛び出してみたかったのと、「ひめゆり学徒隊の青春」(西平英夫著、三省堂)という本に出逢ったからです。この本は戦争当時の沖縄の現実をあまさず伝えているように、私は感じました。沖縄で住んでみたい。その本を読みおえてから、私はいつもそう考えていたのです。

沖縄は美しい島です。やさしい人々と澄んだ海。こんなに住みやすい所は他にはないのではないかと思います。三年間、私は沖縄に住みました。最初の一年目は医者として必要な救急医療と全科をローテイト（交代）して勉強し、二年目は小児科医。そして三年目から最終目的の内科医となったのです。その三年間、私は一度として沖縄へ来たことを後悔はしませんでした。充実した日々、住みごこちのいい土地柄、情にあふれる沖縄人《うちなんちゅう》。私は沖縄が好きです。そして沖縄人の娘さんが私の妻となるのです。

昭和52年5月、沖縄での生活が終わり、私は大阪の病院に勤《つと》めることになりました。大阪府岸和田市に新設された、岸和田徳洲会《きしわだとくしゅうかい》病院の内科医としての新しい生活の開始です。

「日本の医療を変えよう」

それが、徳洲会の徳田《とくだ》理事長の言葉でした。いまの日本の医療を変えなければいけない。いつでも誰でもが、安心して生命を預けることのできる病院造りをしようじゃありませんか。理事長にそう説得され、そのグループに私も参加することになるのです。

昭和52年11月、私は右膝関節炎のため、仕事を休み、手術を受けることになります。関節の痛みは数ヶ月まえよりあったのですが、それが日ましに激しくなっていったため、オープン・バイオプシーという検査を主体とした手術を受けたのです。その結果は、線維肉腫《ファイブロサルコーマ》。癌のようなものだったのです。私は右足切断の手術を受けることになります。

昭和53年5月、私は義足を装着し、杖《つえ》をつきながら職場に戻りました。私が病院へ顔を出すや、すべての人々が私を拍手で迎えてくれました。ひとりびとりが私の手を握って再起を祝ってくれたのです。しみじみ、人の情のありがたさを感じたものです。私の仕事再開はスムーズにゆきました。私は立ったり坐ったりするのが苦手《にがて》ですので、外来診察は立ったまますることにしました。そんな私のために、病院の人々は私専用の、立ったまま使える机を特別に作ってくれたのです。何の思いわずらいもなく、毎日が過ぎました。

その年の8月の下旬のことです。私は肉腫が肺に転移していることを知ります。その日から、私は自分で免疫療法を開始します。その時点で、私はあと生きられる期間は約6ヶ月、と自己診断をしています。しかし、できる限りのことはやろう、歩ける限り歩いていこう。そして決して後ろを振り返らないこと、私はそう決心し、仕事を続けてゆくのです。咳や胸痛は少しずつ強まってゆきます。

「どうしたの。最近、変な咳をしているわよ」といぶかる妻に「いや、気管支炎だろう。クスリを飲んでいるから大丈夫」そう嘘をつき、ひとりで治療を続けてゆきます。

10月末、妻が私の病気を知ります。11月初め、父母にもそれが伝わります。病院を休んですぐに休養をとるよう父母が言いますが、結局12月上旬まで、私は仕事を続けます。12月10日、車を運転していますと眩暈《めまい》と悪心《おしん》を訴え、とても正常にハンドルを操作できなくなりました。翌11日の月曜日には、私は病院へいつものように出かけようと玄関に立ちました。すると眩暈がはじまり、立っていることができなくなりました。この日で、私は病院を再び休職することになるのです。そして12月下旬、荷物をまとめ、郷里の富山県砺波《となみ》市へ戻ります。父母の住む家で、免疫療法を続けるためです。しかし、懸命の治療を嗤《わら》うかのように、腫瘍《しゅよう》は確実に増大していっています。今までどんな姿勢でも眠れたものが、一定の姿勢以外では呼吸困難に陥《おちい》るようになり胸水がたまりはじめたため、心臓は圧迫されて右へ移動し、血痰《けったん》が続き、食餌《しょくじ》が充分摂取できなくなっていきました。一日の殆《ほと》んどを寝て暮らすようになりました。

さて、これ以後の私の略歴は、私には書けません。このさき一体どうなるものか。春までは生きていられるか。あるいは夏までか。あるいは二月の初め頃にでも目を閉じねばならぬのか。分かりません。

死にたくはありません。幼い飛鳥《あすか》や、妻の胎内にいるふたりめの子を想うと、這《は》ってでも生きのびたいと思います。しかし、私は医者であり、私自身のデータを一番熟知している内科医なのです。医者としては、あと数ヶ月の生命と、判断せざるをえない。ただし、奇跡が起きなければという条件つきです。

あとどれだけ、父母や妻や飛鳥の傍《そば》にいられるのか。砂時計の砂のように時はサラサラと流れ落ちてゆきます。

右足切断（1）

「どうですか」

廻診に見えた主治医の先生は、私の右膝《ひざ》にある病理検査の傷跡《きずあと》を診察しながら、私に検査結果を伝えるタイミングをつかみきれず、困っておられるようでした。

「傷はよくなっていますね……実は」

顔を横に向けながら、先生は言われました。

「病理の結果が判《わか》ったのですが」

いつもと違い、今日はどうも歯切れが悪い言いまわしです。

「悪いのです」

と言って、すぐそれを打ち消し、

「いや、悪いといっても、大変悪いということではなく、その、少し悪いのです」

悪性腫瘍《しゆよう》だったのだな、と私は直感しました。

私はそのとき三十歳。主治医の先生は私より年下です。医者が医者を診《み》るほど、バツの悪い厭《いや》なことはありません。もっとも私は内科医ですし、先生は整形外科医と専門は異《こと》なりますが。

「何だったのですか」

私は尋ねました。

「線維《ファイブロ》――です」

線維《ファイブロ》。線維腫《ファイブローマ》か。それなら少しも悪いことはない。完全な良性腫瘍だ。いや、線維腫《ファイブローマ》である筈《はず》はない。ならば、線維肉腫《ファイブロサルコーマ》か。

私は半ば観念はしていたのです。入院を始めてからの検査の日々、検査結果はなにひとつ私は見ていませんでしたが、どのときも悪い予感がしていました。たとえばスキャナーという機械があります。これは腫瘍の広がりを調べるものなのですが、私がその台の上に乗っていると、私の右膝関節の部分に機械がやってくると、スキャナーはきわめてホットのプロットを打つのです。これは悪性腫瘍によくみられる所見です。また血管造影《アンギオグラフィー》の検査も受けましたが、これもその腫瘍が悪性であるかどうかを見極《みきわ》める検査のひとつです。そのようなことから、私の右膝に発症した〈できもの〉が悪性腫瘍である可能性は、五〇パーセント以上であろうと私はみていました。しかも、悪性であるならば、右足を切断しなければいけないだろうということも。

「線維《ファイブロ》――です。線維《ファイブロ》――なら、そう悪いということではないでしょう」

「先生」

私は訊《き》きました。

「線維《ファイブロ》――というのは、線維肉腫《ファイブロサルコーマ》のことですか」

先生は少し間をおいたあと、

「そうです」

「そうですか」

私はあわただしく回転させていた自分の思考がその瞬間、停止したのを感じていました。

先生は口速《くちばや》に言われました。

「早いほうがいいと思いますから、今夜から抗癌剤の動脈注射を開始します」

「仕方ありませんね」

そう答えるのがやっとでした。

「動注（動脈注射）で叩けるだけ叩いてから、手術《オペ》を考えたいのですが」

と先生が言われると、付き添って来ていた看護婦さんは、私の顔を見まいとしてか、ドアを向いて立ちました。

「手術《オペ》といいますと、切断のことですか」

「そうです」

「分かりました。よろしくお願いします」

夢のようでした。まるで悪い夢を見ているよう。あるいは皆でよってたかって私を悪い冗談の被害者にしているのではないかとも思いました。やがて病室のドアが開き、友人が手をたたきながら入って来て、

「さあ、冗談はおしまいだ」

と言うのではなかろうか。この思いは、やがて右足を大腿から切断され、ベッドの中で自分の左足をいくら動かしても右足に触れず、はっきり自分は片足になったと感じるまで、続きました。

私は皆が病室から去ったあと、カーテンを開けました。駐車場が眼下にみえます。何台かの車が出入りし、急ぎ足で車から走ってくる人が見えます。バス停でバスを待つ人々もいます。私には、それらすべてが、私と全《まった》く異種の、まるで異星人でも見ているような感覚に陥っていました。あの人たちは私とは違う。あの人たちは行きたい所へ自分の足で歩いてゆける、走ることもできる、階段も昇れる。けれども、私はもう、あの人たちとは違うのだ。情ない思いでした。

右足切断（2）

手術室を出て病室へ戻ったときのことです。

「苦しいか」

父の声が聞こえます。誰かが手を握ってくれている。母だ。母の手だ、と感じるのですが、自分の意志でしっかりと相手を見ることはできません。

「苦しいがやね。顔をゆがめとる」

弟の声です。そうか、私は今、顔をゆがめているのか。ぼんやりとした理性の中を、私は重い荷物をひきずって彷徨《ほうこう》しているようなものでした。

母が手を離しました。捨てられまいとするように、あわてて私は母の手を握りしめます。

「手を握って貰《もろ》とったら、少しでも楽ながやねえ」

母の声です。本当に、人間苦しいとき、手を握っていて貰えるということは心強いことですね。

ベッドの中で私はとても苦しんでいました。どこが苦しいのか、何が痛いのか分からない。ただ悪夢にうなされるようにしていたのです。その中で、私は左足を動かしました。いくら動かしても、私の右足に触れることはできませんでした。私はそのときはじめて実感として、右足切断の事実を認識したのです。

手術前夜、私の心は大変静かでした。右足を切断するというのだから、もっと深刻な思いに陥《おちい》るかと心配していましたが、それは取り越し苦労に終わりました。私は先生に外泊許可を貰い、能登半島に眠る実母の墓参りをすませました。その夜の夕食もすっかり平《たい》らげましたし、父母が心をこめてメイクしてくれたベッドで充分に熟睡することもできたのです。

翌朝、妻は、今日の午後には切り落とされる私の右足を、時間をかけて丁《てい》寧《ねい》に洗いあげてくれました。私の足もとにひざまずき、泣くようにして洗ってくれるのです。私のその足は、腫《は》れてもいなければ血色も良好。自由に動くし感覚も完全です。こんな立派な足を切り落とすのですから、医者というのは残酷な職業ですね。

病室へ戻りますと、すでに沢山《たくさん》の友人が私を待っていてくれました。中には、万が一、緊急に輸血が必要になった場合に備えてやって来たという友人もいました。皆が私を思い、私を支えあげてくれるのです。

ストレッチャー（台車）に乗せられて手術室へ向かう私の心は、まったく静かでした。何の心配も何の思惑《おもわく》もない。どうしてこんな澄んだ気持ちでいられるのか、自分でも不思議でした。

手術のあと、苦しみは三時間ごとに私を襲いました。それは、三時間だけペンタゾシンが痛みを押さえていてくれるからです。鎮痛剤にもいろいろ種類がありますが、ペンタゾシン（ソセゴン・ペンタゾシン）はよく効《き》く薬です。麻薬ではありませんが、中枢《ちゅうすう》神経に働いて、よく患者から苦痛をとり去ってくれる薬です。あんなに私はもがいていても、その注射を射ってもらうと、数分のうちに苦痛は遠のいてゆき、私は安心して眠りに入りこんでゆけるのです。本当によく効く薬でした。

ところが何本目のペンタゾシンを射ったときだったでしょうか。ペンタゾシンを射つと、まるで美酒にほろ酔い気味になったような、恍惚《こうこつ》とした気分になるのに気がついたのです。痛みをすぐ消してくれること以上に、その恍惚感に酔いたいため、私はノドから手の出るほどペンタゾシンを射って欲しいと思いはじめている。これは、ペンタゾシン中毒の始まりです。成程《なるほど》、最近急に増え始めたペンタゾシン中毒は、このような恍惚感から始まっていくのか。私はひとつ学びました。そしてそのときから、鎮痛剤の注射をお断わりして、内服薬のみで痛みと闘うようになりました。

四肢《しし》の切断というのは痛いものです。たとえば私の場合、右大腿での切断ですから、この手術では、大腿神経と坐骨神経という、ふたつの太い神経を切断する訳です。できるだけ術後の痛みを少なくする目的で、切断するときにある種のコツがあるそうですが、それでも術後の痛みは大変なものです。

手術の跡《あと》の皮膚の傷の痛みは平気です。だが、ふたつの太い神経から響いてくる痛みは、すでに無くなっている右足が痛むのですから、たまりません。とくに私の場合は、大腿神経の切断箇所の手術巣の回復が遅れたため再縫合を受けることになる二ヶ月あとまで激しい痛みが続きました。その痛みは丁度《ちょうど》、右足の親指の爪をむりやり剝《は》がそうとする。あるいは、焼けた火箸《ひばし》が指の付け根に押し当てられるような痛みだったのです。こういう感覚は実際に自分で経験した者でないと分かりません。いくら先生に説明しても、

「そうですか。そんなに痛いはずはないのだけれどなあ」

と言われたり、看護婦さんから、

「あなたは痛がり屋なのかな」

と笑われたりするのがオチです。患者の痛みを医療従事者が知るというのは、難《むずか》しいものですね。これも私の勉強になりました。

しかし、どんなに痛くてもペンタゾシンをあれ以上希望しなくて正解であったと思っています。ペンタゾシン自体、まだ新しい薬ですが、全国どこの

病院でもよく用いられているクスリです。その薬効を充分わきまえて用いれば、大変に良い薬なのですが、あまりよく効くものですから、つい痛みを訴える患者に対して医者は安易に用いるようになる。又《また》、一度その注射を受けた患者は、その劇的な効果が忘れられず、同じ薬を希望するようになります。このようにして知らず知らずのうちに生まれてくるのがペンタゾシン中毒の患者なのです。昭和五十三年に、近畿《きんき》地方の病院で、ペンタゾシンが大量に盗まれるという事件が続発したのを、御存知ですか。

私が救急室で深夜当直をしていたとき、たいてい毎夜ひとりかふたり、ペンタゾシン中毒の患者がやって来たものです。彼らはとにかく、痛い痛いを連発します。痛み止めを射とうとすると、ペンタゾシン以外なら拒否します。ペンタゾシンは射てないと言おうものなら、射ってくれと泣くようにして懇願するか、あるいは、腕をまくって脅《おど》しにかかってくるのです。このような患者は、どこの病院でも嫌われ者です。しかし、ペンタゾシン中毒の患者を作ったのは、医者です。安易な医療がそのような患者を生んだのかもしれない。また、ペンタゾシン中毒の患者は、医療従事者の中にも少なからずいるのではないか、と言われています。手軽にペンタゾシンが手に入るため、安易にそれを自分で使用しているうちに、それから脱《ぬ》けきれなくなっていってしまうのではないでしょうか。

ある看護婦さんが自殺をしました。彼女はペンタゾシン中毒でした。遺書めいたものはなく、ごく一部の人しか彼女が中毒患者であることを知りませんでした。彼女はひとりきりのアパートで、ガス栓を開き、死んでいたのです。可哀想に、彼女は随分と苦しんだことと思います。もちろん、ペンタゾシン中毒であったことが直接、彼女を死に追いこんだのかどうかは分かりませんが、毎日毎日、人目を盗んで射ち続けねばならないペンタゾシンは、彼女にはどんなに重い軛《くびき》であったろうかと思います。責任感の強い人でしたから、なお一層のこと、病院からペンタゾシンを盗み出す自分に苦しんでいたのだろうと思うのです。ひとりで苦しみ、ひとりで泣いて、ひとりで死んでいった。あまりにも可哀想です。

ペンタゾシンの中毒になる人は、意志の弱い人だ、強い精神力があれば、中毒にならない、と言う人があります。それは嘘です。ペンタゾシンの持つ甘い幸福感は、患者の精神力よりはるかに強力です。しかもそれは、どんな痛みでも消し去る、というところから始まるから、甘美《かんび》なのです。現在の医学では、手術のあとの痛みを和《やわ》らげるのに一番用いられているのがペンタゾシンです。それはそれで大変いいのです。問題は、それを何本、何十本と射ち続けているうちに、単なる鎮痛《ちんつう》作用ではなく、溶《と》けるような恍惚感が出現してくるということです。ここへ完全に入りこんでしまったら、もう脱《ぬ》け出すことは大変です。私の場合も、もしあと十本注射を受けていたら、中毒患者になっていたかも知れないのです。

ペンタゾシン中毒は、アヘンや覚醒剤の中毒とは違って、ほとんどすべてが医師の治療から始まるのです。医師として、何としても心しなければならないことだと考えます。

右足切断（3）

私は花が好きです。とくにカーネーションが好きなのです。それを皆が知っているので、私の病室はいつも花で埋《うず》まっていました。

「この部屋はまるで花屋さんのようだ」

と、廻診に来られる先生がよく言われたものです。花の香りが絶えないということは嬉しいことでした。その花瓶のひとつひとつが、持って来てくれた人々の優しさを具現しているようです。人の心の優しさ。それは私がこの病気をして得た一番の宝物かも知れません。実は私は十年まえに一度病気をしています。そのときは二年間学校を休んでおりますが、そのとき得たものは、父母の有り難《がた》さでした。それまでの自分というものは、それは随分と親不孝なものでした。親の有り難さなど、ほとんど感じないような人間でした。ところがその病気をしたとき、私は初めて、世の中には自分以上に私を思ってくれている人がいるのだな、ということを知ったのです。私以上に苦しみ私以上に私の病気を悲しんでいる父母の姿に、思わず手を合わせたい衝動に駆《か》られたものです。しかも母はそのあと私の病気の全快を見届けると、自分自身は私の看病疲れがたたって死んでいったのです。そして私ははじめて、父母の尊さを身をもって感じたのでした。そして今度は、人の優しさです。病気をしてみるのも悪いものではありません。それを機に、じっくりと今までの自分を反省させられます。もしかすると、その目的で神はこの世に病気というものを作られたのかもしれませんね。

「おまえに何かしてやりたくてたまらない。何か俺にできることはないか」

「何か食べたいものはないか、何かあれば言ってくれ。どんなに遠くでも行って持ってきてやる」

友人たちが口々に言ってくれました。驚くほどに皆が私のために悲しみ、私のために尽くしてくれるので、一度こう言ったことがあります。

「本当に君らは親切な友達だなあ」

するとと彼らは、怒ったように、

「馬鹿言え。まだまだ足りないくらいだ」

と言うのです。彼らの言うには、井村、おまえは俺たちにこれ以上のことをしてくれたじゃないか。これくらいでは、俺たちとしてはまだまだしたりないくらいだ。

そんなことはありません。私は彼らに友人として何かしたことはあってもそれはほんの僅《わず》かのことです。とても、してやったと言えるようなことはないのです。それなのに、彼らは、まだまだしたりない、と真剣に言うのです。もしかすると、人の善意というものは、こちらは僅かのつもりでも、相手には何倍何十倍になって響くものなのかもしれませんね。だから、ほんの僅かの善意でも、やがては何十倍にも膨《ふく》れて自分へ戻ってくるのかもしれません。もし、仮にですよ、これが悪意であったらどうでしょう。怖ろしいことです。人の心は大切にしなければいけませんね。

沢山の人が見舞いに来てくれました。病室はいつも花に埋まり、やがて退院の日がやって来ました。退院後は、これから毎日自宅から病院へ通い、機能訓練を続けるのです。機能訓練とは、切断して残ったわずか9センチの右足の矯正と、義足を装着しての歩行訓練です。自分の病院へ戻り、内科医としての仕事を再開するための、大切な訓練です。

退院後、私はお見舞下さった皆さんに、お礼の便《たよ》りを出しました。世の中はすでに冬も終わり、春の風が吹き始める季節となっていました。

拝啓

春三番の風も吹き、わが家のささやかな庭の老梅《ろうばい》にも蕾《つぼみ》がふくらみ始める季節となりました。お蔭様で私も退院許可を与えられ、今は毎朝高岡《たかおか》まで通院しながら歩行訓練を行なっております。

長いあいだ皆様に御心配をおかけし、また心よりの励ましを頂き、お礼の申し上げようもございません。四ヶ月余にもわたる入院生活でしたが、皆様方の御親切で、一日として病室に花の香《か》の絶えることがなく、また身にあまるお見舞を頂戴《ちょうだい》し、勿体《もったい》ないことだと感謝致しております。

現在、私は仮義足を装着し、一歩二歩と訓練を行なっておりますが、確かに日一日と歩《あゆ》みがしっかりと大地についていくのが自覚せられ、ありがたいことだと思っております。なんとかこの春のうちに再び仕事に復せるよう、一生懸命に頑張っております。どうもありがとうございました。お蔭様で、私は元気一杯です。

今回の闘病で多くの事柄を教えて頂きました。いずれこのひとつひとつを自分の仕事の中で活《い》かせていく機会も与えられようかと思います。

間もなく、私は活動を再開致します。そのとき、皆様から頂きましたお見舞で、立派な義足を作らせて頂きたいと思っております。皆様の暖かいお気持ちを忘れないよう、その足で歩いてゆきたいと思います。

どうもありがとうございました。今後ともどうぞよろしく御指導下さい。

敬具

生きがい

生きがいとは何か、とよく尋ねられます。私は、生きがいとは、自分を必要としている人がいることだ、と思います。それは配偶者でも子供でもいい友人でも自分でも働く職場でもいいのです。私の場合、私の生きがいは、私を必要としてくれている人々、すなわち、妻であり子であり親であり、多くの患者さんであり徳洲会病院での仕事です。そして、北陸にいる多くのリハビリを必要とする患者さんです。

生きがいを持てる、こんな大切なことはありません。

片足での職場復帰

義足《ぎそく》というのは、思っていたより厄介《やっかい》なものでした。とくに私の右足は、大腿の上部で切断されていましたので、義足の扱いはとくにむつかしいのです。原則として、断端は1センチでも長いほうが、リハビリに入るとき、ずいぶんと助かるのです。

はじめの数ヶ月、私はよく歩行訓練中に転倒しました。それはバランスを崩《くず》すといったなま易《やさ》しいものではなく、いきなり地面に叩きつけられるという、たとえば両足をいきなり払われるような激しい転倒なのです。左手に杖《つえ》を持っていますが、そのときは助けになりません。

11月の下旬に右足切断を行ない、翌5月より岸和田徳洲会《きしわだとくしゅうかい》病院へ復職する訳ですが、職場復帰を直前にして、私は大変に不安な気持ちだったのです。その病院は救急患者を常時扱っていますので、まず体がタフでなければ務まりません。そして、週何回かの外来を受けもち、病棟には自分の患者がいますから、どんなに外来や救急に手をとられる日でも、病棟廻診《かいしん》を欠かすことはできません。そのようなことを、杖をつき、義足を扱いながら一体できるものなのだろうか。杖を頼りに病室へ入っていって、本当に充分な診察や治療はできるだろうか。不安でたまりません。五月よ来るな。そう願いたくなる気分でした。

　五月一日、私は六ヶ月ぶりに病院へ戻りました。玄関を入るときのあの気恥ずかしさ。家出息子が半年ぶりに家へ戻っていく気分です。とうとう私は玄関からではなく、救急患者の出入口から病院へ入ったのです。時刻は午前九時十五分まえ。丁度、職員の朝礼の最中でした。私が入っていくと、すぐ数名の人が私を見つけ、私を人垣の前列へ押し出しました。拍手が湧《わ》きあがりました。杖をついている私の姿に目頭を押さえている看護婦さんがいます。次々に、私は握手を求められました。みんな私の病気を心配し、私が戻ってくるのを待っていてくれたのです。

「片足の、杖をつきながらの仕事ですので、皆さまの足手まといになるかもしれませんが、一生懸命頑張りますので、どうぞよろしくお願い致します」

私は、そう挨拶《あいさつ》しました。まだ私は不安だったのです。片足ではここの仕事はつとまらないかもしれない。まわりの人々にかえって迷惑をかけるかもしれない。もしそうなら、そのときは辞《や》めよう。病院を辞めて、郷里へ戻り自分のペースで医者の仕事をやっていこう。そういう弱気な気持ちにもなっていました。

新しい私の人生のスタートです。不安で一杯の第一歩だったのですが、結局その不安のすべては、やがて消え去ってゆきました。とにかく何ごとも、まずやってみることが大切なのですね。まわりの皆が私を心配し、助けあげてくれていたので、私の仕事は驚くほどスムーズに走りだしたのです。私は当直こそできませんでしたが、救急外来も一般外来も病棟勤務も、足が二本あるときと同じようにこなしてゆけました。診察も治療も、どんな検査も同僚の医者と同じようにできるのです。いや、杖をつき不自然な歩き方をするものですから、かえってそのために私にプラスになることもありました。とにかく患者さんが、すぐ私の名前を覚えてくれるのです。名前を覚えてくれなくても、「あの足の悪い先生」という代名詞で、自分の担当医を一目で覚えてくれました。

大切なことがあります。それは、私の恩師のひとりで、リハビリテイションン専門医、博田節夫《はかたせつお》先生から教わったことなのですが、いえ、簡単なことなのです。それは、

「決して後ろを振り返らないこと」

ということなのです。これはとくに、手や足を失った人、目や耳を失った人、脳卒中で半身不随になった人たちが、リハビリテイションを行なううえで大切なことなのです。人はとかく過去の幸福に酔いたがりますが、以前はよかったと述懐《じゅっかい》ばかりしている人は、リハビリが全く進まないものなのです。六十になっても七十になっていても、徒《いたず》らに後ろを振り返らず、明日に

向かって歩いていこうという人は、回復が早いのです。それともうひとつ、リハビリテイションとは何か、ということがあります。リハビリとは、失った手足がはえてくるのを待つことではありません。見えなくなった目、聞こえない耳を、見え聞こえさすことではありません。大切なことは、傷害受容《じゅよう》ということで、自分の体に生じた傷害を受けいれ、それを他の健全な部分で補っていくこと。右手が不自由であれば、左手やその他の部分でその右手をカバーしていく。左半身不随なら、右半身に残された機能を充分に活用することと、右半身で不自由な四肢《しし》を補助していく。そのような訓練の積み重ねにより、社会生活への適応を計り、社会復帰させていくのが、リハビリテイションなのです。自分の傷害を受容し、それを自分自身でカバーしていくことなのです。

私も右足を切断してから、決して後ろを振り返るまいと心に決めていました。すると、右足がないことが少しも苦にならないのです。たしかに少々不便ではありますが、それでも仕事はできますし、簡単な手続きをとればノークラッチ式の車も、健康な人と同様に使えます。残っている左足の分を補ってくれるのです。後ろを振り返らない。自分に今できることは何か。明日は何をしてやろうか。つねに前を向いて歩いてゆきたいものですね。そうすれば、どんな不自由でも克服《こくふく》してゆくことができるのです。

再発（1）

八月の末でした。

カウチベッドに横になっていますと、左前胸部が牽引《けんいん》されるように痛みます。深呼吸するたびに、腱《けん》を引くような痛みが走ります。はじめは筋肉痛かと思いましたが、どうやら痛みはもっと深いところから湧いてくるようです。

来たかな。

不吉な予感が走りました。

翌日、自分が働く病院のレントゲン室へ行き胸部写真を撮《と》ったのですが、出来あがってきた写真を見た瞬間、覚悟はしていたものの、一瞬背中が凍《こお》りました。転移です。私の右足に発生していた肉腫の肺転移。それをさせないために切断した右足でしたが、その甲斐《かい》なく、肉腫は肺へ侵入してきたのです。しかもその転移巣は単一ではなく、両中下肺野にかけて貨幣状陰影《コイン・リージョン》が散在しているのです。私は観念しました。転移巣の最大のものは直径4センチでした。いかなる治療を行なっても、おそらく私は死なねばならないだろうという悲しい想いと、いや、抗癌剤《こうがんざい》か免疫《めんえき》療法を行なってゆけば、少しの展望は開けてくるのではないか、という一縷《いちる》の望みとが交錯します。

礼を言ってレントゲン室を出るとき、私は心に決めていました。免疫療法を始めよう、この治療法なら、体力のある限り仕事を続けてゆける。治療のために仕事をやめることも、入院する必要もない。歩ける限り、自分の足で歩いていこう。そう考えていました。

その夕刻。自分のアパートの駐車場に車をとめながら、私は不思議な光景を見ていました。世の中が輝いてみえるのです。スーパーに来る買い物客が輝いている。走りまわる子供たちが輝いている。犬が、垂れはじめた稲穂が、雑草が、電柱が、小石までが美しく輝いてみえるのです。アパートへ戻って見た妻もまた、手を合わせたいほど尊《とうと》くみえたのでした。

妻に、肉腫再発の事実を伝えるべきか、郷里の両親にはどうするべきか、医局の先生方や一緒に働いている看護婦さんやパラメディカルの人々には知らせていいものだろうか。私は迷い、そして決心しました。妻にはその時期が来るまで言わないでおこう。父母にも、それを伝えたところでただ苦しめるだけだから、言わないでおこう。結局、私が自分の病気について伝えたのは、病院長と、免疫療法を開始するための協力者としての末弟のふたりでした。弟は医学部の学生で、彼にならかなりの事柄を話しても理解して貰えると思ったからです。弟は私からの知らせを受けとるなり、治療に用いるワクチンを抱えて東京から大阪まで駆けつけてくれました。月末のため、貧乏な彼は、友人たちから金を借り集め、私のところへ走ってきてくれたのです。その日から、私の治療は始まりました。

妻にも親にも伝えず独りで病気と闘って大丈夫か、と弟が心配してくれました。皆に全てを話したほうが気が楽になるのではないか、そう言うのです。そうではない、と私は考えていました。いま、妻にこのことを言えば、きっとこれからの日々、彼女は泣いて暮らすだろう。父母にしてもそうだ。悲しい日々は短いほうがいい。私は「院長とおまえと、もうひとりの弟には真実を伝えるが、その他の人々に対しては私はまだ言わない」と答えました。

転移を知ってからの月日、不思議に私の心は静かでした。そして、一日一日が充実していくのが感じられたのです。私は再発を知った日、一応の見込みとして、働ける期間は二ヶ月、生きていられる期間は六ヶ月、と診断しました。しかし実際、私はそれから更《さら》に四ヶ月間、病院で内科医としての勤務を続けることができたのです。毎月毎月、私の肺の腫瘍《しゅよう》は確実に増大してゆきました。咳が激しくなり、血痰《けったん》が出はじめ、また右心房にも転移したのか上室性の不整脈が頻発するようになりました。それでもなお、当初二ヶ月と考えていた働ける期間が、四ヶ月も支障なく仕事を続けられたのは、免疫療法がいくらかは腫瘍の進行をくいとめてくれたのかもしれません。

再発（2）

夜明け近くになると妻が泣くようになったのは、十月の末のことでした。泣きじゃくりながら起きあがり、ひとりで泣き続けるのです。

「どうしたのだ」

尋ねる私に、妻は泣きながら、

「死なないで。飛鳥《あすか》と私を残して、ひとりで死なないで」

と言うのです。そのときまだ、私は再発については何ひとつ妻には告げていませんでした。しかし、妻は私の腕をつかんで言うのです。

「本当のことを言って。私にだけは隠しごとをしないで。お願い」

妻は毎夜、不吉な夢をみるのだと言いました。たとえば、家中そろって旅に出ている。皆とても楽しそうなのに、気がつくと、私の姿が見当たらないというのです。捜《さが》しても捜しても、どこにも私の姿がない。もう二度と逢えないのだと思い、泣いていたら目が醒《さ》めた、というのです。また、こんな夢もありました。私が病院のベッドに横たわり、酸素テントの中で喘《あえ》いでいるというのです。その頬は痩《や》せ衰え、まるでカマキリのようだった……。

不思議なもので、丁度《ちょうど》その頃、私もまた同じように、妙な夢をみたのです。時は春です。眩《まぶ》しいほどに美しく散る桜花の中を、私は歩いています。気がつくと、今までいた筈の妻も飛鳥も見当たりません。声は聞こえるのです。マンマ、マンマとよくまわらぬ口ではしゃいでいる飛鳥の声、彼女をあやす妻の笑い声。しかし、見当たらないのです。道を迷わせては大変と、私は懸命にふたりを捜すのですが、虫の大群のように飛来する桜花が私の視界を遮《さえぎ》って、なにも見えません。目が醒めると、私の傍に飛鳥が眠っていました。その無心の寝顔を確認したとき、私はどんなに嬉しく、安堵《あんど》したか、言葉では言いあらわせません。

「本当のことを言って」

泣いて頼む妻に、私はもうこれ以上は隠し通せないと観念しました。私は告げました。私の肺に肉腫が転移していることを。それは両肺に広がっており、手術で摘除《てきじょ》することも不可能であることを。そして恐らく、いかなる治療を行なうにせよ、まず一年はもつまい、と。

妻は黙って泣いていました。

「富山《とやま》へ帰りましょう」

妻がそう勧《すす》めるようになりました。「富山へ帰って、静養しましょう」しかし私はその申し出を断わりました。歩ける限り歩きたい。働ける限り働きたい。それが私の希望です。泣くようにして帰郷を勧める妻に、私は首を横に振り続けました。その頃私が受け持っていた患者さんの中に、別項に書いた、鈴木房子さん、横内イトノさん、それに腸癌のKさんがいたのです。三人とも悪性腫瘍の末期の患者さんで、私に命を預け、私を頼りに最後の力をふりしぼって闘病していたのです。私はその人々を死線に残したまま敵前逃亡する気持ちには、どうしてもなれませんでした。

私は十二月九日まで勤務を続けました。まだ行ける。私はその日、まだそう考えていました。この暮と正月はなんとか乗りきれる。ところが、私が思うよりも病気は一段と残酷に進行していたのです。翌十二月十日、丁度私の母の祥月命日《しょうつきめいにち》に、私は車を運転中、眩暈《めまい》を感じ激しい嘔吐《おうと》に襲われたのです。車を道端に寄せ、私はハンドルにもたれて感覚が戻るのを待っていました。その日は日曜日。そして月曜の朝、今日は休んだら、と勧める妻に、心配するな、と声をかけ、私は玄関に立ちました。そのとき激しい咳が湧きあがりふたたび私は眩暈を感じ、立っていられなくなったのです。

「あなた、無理よ。お願い、もう辞《や》めて」

妻の言葉に、初めて私は頷《うなず》きました。私は病院へお詫《わ》びの電話をいれました。そして私の二度目の休職が始まりました。

再発（3）

いよいよ病院を去るという朝、私は外来を訪ね、職員の朝礼に出席しました。そこにいる皆さんに礼をのべますと、全員が私のために、激励の拍手をし、ひとりひとり私の手を握ってくれました。中には泣きながら、必ず戻って来て下さい、と私の手を握りしめてくれる人もいる。私のために、泣いて下さるのです。勿体《もったい》ないことです。私は返す言葉がありませんでした。

幾度も幾度も握手を求められ、必ず戻ってくると約束させられ、私は病院を出たのです。私たち一家は、荷物をまとめ、初雪の降る富山へ向け、出発しました。

郷里へ戻り、私は、父が毎朝私のために近くの神社へ参拝に行っていることを知りました。母は、食欲が低下している私に一粒でも多くの栄養を摂《と》らせたいと、心を尽くして私の好物を作ってくれるのです。友人たちが次々とやって来ては、何か俺たちにできることはないか、と尋ねてくれます。私が咳《せ》きこんで苦しんでいると、なにも分からぬ飛鳥までが、私の背中をさすりに来てくれるのです。みんなが私を支えあげ、私の十字架を担《かつ》いでくれているのです。ありがたいことです。

いま、私の傍に二千羽の鶴があります。左の千羽鶴は、父が開業する井村医院の看護婦さんたちが折って私に贈ってくれたもので、もう一方の千羽鶴は、私の勤務する岸和田徳洲会病院の病棟の看護婦さんが、病《やま》いに打ち勝てと贈ってくれたものなのです。そして今、病院ではさらに外来や薬局の人々が、祈りをこめて千羽も二千羽も折ってくれているというのです。その一羽一羽、丁寧《ていねい》に折りあげられた鶴を見ていますと、それをどんな心で折って下さったのか、その思いやりに胸が熱くなるのです。おびただしい人々の励ましを頂《いただ》き、おびただしい人々の愛情に包まれ、この病人は、世界一、幸せな病人です。

私たちは死刑囚

ショーペンハウエルは、私たちはやや長い執行猶予《しっこうゆうよ》を与えられた死刑囚のようなものだ、と書いています。その通りで、私たちはやがてひとり残らず死刑の執行を受ける。ひとりとしていつまでも生き永らえる人はいません。ですのに、この死刑囚たちは、まるで自分だけは刑の執行を免除されるかのように気楽で、自分の死について、ほとんど考えようとはしないのですから不思議です。

私の肺に肉腫の転移があると知った友人たちは、大変私を憐《あわ》れんでくれました。しかし、考えようによれば、私の肺にどうしようもないような悪性腫《しゅ》瘍《よう》が広がりつつあるということは、刑の執行の期日がほぼ知らされたようなものなのです。これは有り難いことで、その刑の執行日までの間のスケジュールを自分で作製し、悔いの残らぬように最後まで自分の仕事をしてゆけます。私を憐れんでくれた友人達だって、早晩、死ぬのです。何ヶ月の後か、あるいは何十年か後かは知れませんが、そんなものは一瞬の差です。自分の知らぬところで刑の準備が進められ、突如、死刑台に引き出される日がくるかも知れない。

あなたならどちらを希望しますか。

癌《がん》であることを患者に知らせるべきかどうか、よく議論されるところです。現在、早期であれば癌の完全治癒《ちゆ》率が大変良くなってきているので、そのような癌は本人に知らせることもありうる。しかし、手術も放射線も無理と思われる広汎《こうはん》なものに関しては、本人には伝えない。それが一般的なようです。しかし本当に、助かる見込みのない状態であれば、絶対に患者に言わないほうがいいのでしょうか。中には、言って貰ったほうが、そののち僅《わず》かな月日を何にもまして充実して過ごせる人もいるのではないでしょうか。大きな肉腫を胸にかかえながら、私はそう思います。私なら、どうせ刑を執行されるなら、その日を知っておきたい。

岡潔《おかきよし》先生は亡《な》くなられる前日、奥さんにこうおっしゃったそうです。

「明日の朝はもう、私は死んでいるだろう」

その言葉通り、朝の到来を待たずに先生は逝《い》かれた。自分の人生のゴールがしっかりと見えていて、しかもそれを見る目が冷静であるなら、こんなにいいことはないと思います。もっとも、先を読みすぎて、かえって将来を危《あやう》くするようなことはあってはならぬことですが。

人それぞれなのでしょうか。

心やさしい人

Ｉ君が、奥さんの大病に苦しんでいる頃、私の右足切断がありました。彼は私の一番の友人です。切断が決まったとき、彼は私のために泣いていました。井村が可哀想だと云《い》って泣き、仕事をしようとしないのです。

また、奥さんが自分の病名を知った丁度《ちょうど》その頃、私は肉腫が再発しました。私が自分の命はあと一年ももたぬかも知れないと告げたとき、彼は黙ってうなだれていました。そして上市《かみいち》（富山県中新川郡）の山奥へ入り、病《やま》いを治すと言い伝えられている聖水を何十kgも汲《く》み、私のもとへ届けてくれたのです。

「お前は笑うかも知れないが、俺がお前にしてやれることといえば、これしかないからな」

右肩に妻を背負い、左肩に私を背負い、幼い子の手をひきながら、彼は歩いてくれるのです。自分の愛する妻のことだけでも気が狂うほどであろう彼が、私のために涙を流し、私を担《かつ》ぎあげ、どこまでも歩いていこうとするのです。

心やさしい人。そんな彼を友人に持てた私は、幸せな人間です。

みっつの不幸

病人にとって大変に苦しいことが、みっつあると思います。

そのひとつは、自分の病気が治る見込みのないことです。

ふたつめは、お金がないことです。

みっつめは、自分の病気を案じてくれる人がいないことです。

私はその中でも、このみっつめの不幸が一番苦しかろうと思います。誰ひとり自分の十字架を担ぎあげてくれる人がなく、自分ひとりで泣きながら病いと闘っていくこと。こんなに辛いことはありません。そして、このみっつめの不幸に泣いている人は、決して少なくありません。私がそのような患者さんを廻診し、いろんな会話をしていますと、その人は泣くのです。

「今日も誰も見舞いに来てくれなかった」

淋しい、淋しいと泣くのです。母親を捜《さが》す子供のように、その人は泣くのです。人はひとりで生きられるものではないと思います。人の心に飢《う》え、愛情に飢えたひとりぼっちの人たち。こんなに辛いことはなかろうと、私は思うのです。

それでもまだ死にたくはない

源《みなもとの》義経《よしつね》は三十一歳で死んだといいます。しかし、三十一は若すぎる。私はいま、三十一。まだ死ねない。まだ死にたくないと思います。

私には希望があります。私はこの北陸に、リハビリテイションを中心にした病院を建設したいのです。リハビリテイションや老人病を専門とした病院は、患者のための理想的な医療をすればするほど、赤字になるといいます。現在の医療制度の一番悪い点なのですが、病院の収益は、どのような患者さんをいかに早くより良く治したか、に対して与えられるものではなく、何人の患者さんに対しどれだけ多くのクスリや検査が投与され行なわれたか、によって与えられるようになっています。ですから、収益をより多くあげようと思えば、ひとりでも多くの患者さんを一日も長くベッドに寝かせ、より多くの検査とより多くの薬を投与し続けねばならないのです。病気が治る治らないは、算定の対象ではないのです。こんな馬鹿なことがありますか。ですから日本では、いつまで待っても理想とするようなリハビリ病院や老人病院は出来ないのです。リハビリ、あるいは老人病の治療の理想は、最小限の薬や処置で一日も早く患者さんを社会復帰させていくことです。そしてそのような医療を行なえば、とても病院はなりたってゆかないようになっているのです。

それでも、私はリハビリの病院を建てたいのです。徳洲会に負けない病院造りをやってみたいと思います。

私が勤務した岸和田徳洲会病院は、よく考えて建てられている病院ですがそれでもやはり健康な人間が設計し、健康な人間が建てた病院ですから、弱い立場の人間への配慮に欠けている所があるのです。これは徳洲会病院に限りません。どこの病院にもみられることなのです。

たとえば、雨の日、車イスをタクシーに乗せて病院へやって来た患者は、タクシーを降りてから車イスに乗って病院の玄関へ入るまで雨にうたれ続けます。病院入院中の患者で、よく晴れた日に車イスに乗って屋上へ日光浴に出てみたいと思ったとします。彼は出られません。屋上への出口に小さな段があって、車イスの通過を阻止してしまうのです。

病人にしか分からない病人の心というものがあります。身障者にしか分からない身障者の心というものもあります。このまま病気にねじ伏せられ死んでいくのであれば、何のために私は生まれてきたのか。何のために、せっかく身障者になったのか。これを生かさないということは、なんとしても残念なことです。

死にたくはありません。生きのびたい。せめて五年。せめて五年の猶予《ゆうよ》があれば、建ててみせる。目が見え耳が聞こえ、手足がちゃんと自由になり、好きな所へ行け、したいことができる、そんな幸福な人間たちには決して造ることのできない病院造りをしてみせます。死にたくはないのです。でもこればかりは、叫んでみたところで、どうにも仕方がない。残念です。

温泉地にリハビリ病院を建てられている先生がおられます。温暖な気候の土地を選んで建てられたリハビリ病院もあります。それはそれでまた良いのでしょう。しかし、本当に人が必要とするリハビリ病院は、地域に密着していなくてはいけません。家から通院できる距離にある病院でなければ、年余にわたるような根気のいるリハビリは行なえません。

老人病院もまた、私が作りたい病院です。日本に老人病院は多くありますが、本当に老人のための医療が行なえている所は多くないようです。その理由はやはり前述の如く、医療行政の歪《ゆが》み、健康保険制度の矛盾です。理想的な医療を行なうほど、病院が赤字になっていくのですから、たまりません。不必要な医療を行なえば黒字になる。こんなことが続く限り、日本の医療は進みません。

死にたくないなあ。つくづくそう思います。せっかく、せっかくここまで来ているのに。まったく、残念です。

「徳洲会《とくしゅうかい》の皆さんへ」(昭和五十三年十二月二十五日付の手紙)

夜明け頃になると妻が泣くようになったのは、十月の終わりでした。なぜ泣くのか、と尋ねますと、妻は「恐い夢を見た」と言うのです。どんな夢かと訊《き》きますと、私がいなくなった夢を見た、と言うのです。他の者は皆いるのに、私の姿だけがどこにもない。もう二度と逢えないのだと思い、泣いていたと言うのでした。また、こんな夢もありました。病室で私が横たわり、酸素吸入を受けている。その顔は蒼白《そうはく》で、痩《や》せてカマキリのような頬《ほお》をしていた……。

「隠しごとを私にしているのじゃないの。何かあるなら言って。独りで死なないで」

そう言って泣く妻に、もうこれ以上は隠し続けることはできないと観念し私は自分の病気のことを告げました。

私が、自分の足にあった肉腫《にくしゅ》が肺へ転移していることを知ったのは八月の末でした。その日より、私は自分の判断で免疫《めんえき》療法を開始しました。けれども腫瘍《しゅよう》は、私の治療を嗤《わら》うかのように増大をつづけ、やがて虫が知らせるように、妻の夢の中に、悪い夢の形で現われたのでしょう。すでに肉腫が肺に転移していること、あと幾らも働けないかもしれないと告げたとき、妻は黙って泣きました。

私が右足を切断したのは、昭和五十二年の十一月でした。拇指頭《ぼしとう》大の肉腫が右膝の近傍《きんぼう》にあり、大腿より切断しなければ肉腫は確実に全身に及び、生命にかかわってくる。私は切断を希望しました。

切断を決心したとき、私が一番心配したのは、もうこれで医者としての仕事は不可能なのではないか、ということでした。少なくとも、あの皆が走りまわっている徳洲会病院へは戻れまい。そう思っておりましたところへ大阪から来られたのが、山本《やまもと》院長でした。

井村君さえ厭《いや》でなければ、是非《ぜひ》戻ってきてくれ。一緒に働こう。

嬉しい言葉でした。

半年のあいだ、歩行訓練や抗癌剤の投与を受け、徳洲会病院へ戻ったのが翌五月。

本当のところ、復職は大変に不安でした。それまでの訓練でも、私はときおりバランスを崩《くず》して廊下に叩きつけられるように倒れることがありましたし、第一、杖をつきながら仕事ができるものだろうか。左手に杖を持てば右手は自由だ、と思っていましたが、そうはいかない。病室のドアをあけるとき、右手でノブを廻さねばならないので、結局、廻診に出るときは手に何も持てません。そのような不安で一杯の再スタートでしたが、ありがたいことに、それらの心配は危惧《きぐ》に終わりました。私の傍にいるみんなが、私の力になってくれる。みんなが私を助けようとしてくれる。おかげで、私は一度として自分の足を情なく思ったこともなく、自由に、なんの不便もなく仕事ができました。もしも人間の苦悩が荷物の形をしているなら、確かに、私の荷物は、自分をとりまくすべての人々が担《かつ》ぎあげてくれていたのだと思います。だから私は、荷物の存在すらを忘れ、手ぶらで歩いておればよかった。幸せです。

薬局長の田中さんから伺《うかが》いました。

田中さんは、私より半年近く遅れて、大病に遭われました。病苦と闘うこと数ヶ月。その間に、田中さんの看病のため、家族の方が皆痩せて、その減少した体重を合わせると、三十キロにもなったそうです。そして田中さんは私たちの病院へ戻って来られた。この三十キロという重さは、田中さんの重荷を懸命に担ぎあげていた人々の流した汗の量であったかもしれません。

けれども、私が今まで診《み》てきた人々の中には、自分の荷物を背負ってくれる人がなく、その下敷きになって泣いている人が少なくありませんでした。自分の苦しみを分かってくれる人がいない事が苦しい。そのような人が多かった、と感じます。

私は医者になって五年間、いろんな患者さんに出逢い、いろんな事を患者さんから教えられました。そして、多くの患者さんが、声もなく死んでゆきました。その中で、患者さんにとって、苦しいことが三つある、と感じるようになりました。

それは、自分の病気が治る見込みのないこと。ふたつめは、お金のないこと。そしてみっつめが、自分の病気を案じてくれる人がいないこと。その中で、最も淋しいことは、このみっつめの、ひとりぼっちでいることだろうと思います。私は、幸せなことに、これらのうちのふたつは免除されている。


ドクター・マクリーンという先生がいました。マクリーン先生はカナダ生まれの内科医で、私がインターンとして医者の第一歩を踏みだしたときに、私の指導医であった先生です。

その頃、私の先輩のI先生が主治医で私が副主治医になっている結核の患者さんが入院していました。厄介《やっかい》な患者さんで、私たちの治療に逐一《ちくいち》口をはさむのです。この薬はイヤだ。あの看護婦が気にくわない。部屋が暗い。廻診の時刻が遅い。注射が多すぎる。食事がまずい。

私もI先生も、とうとう腹をたててしまいました。そして、マクリーン先生に言ったのです。こんなわがままな患者は見たことがない。一日も早く追い出してやりたい。

先生は黙って頷《うなず》いておられましたが、その夜、私たちを呑《の》みにつれて行き料理を勧めながらひとこと、こう言われたのです。

「He is sick, you are not sick」（彼は病気だが、あなたたちは病気ではない）

患者さんの心を、健康な人間のモノサシで測ってはいけないよ。印象深い言葉で、いまも忘れられません。

病院で働いていて、私はよく看護婦さんからこんな言葉を聞かされました。

「○さんは大変わがままで、クスリを拒否します」

「×さんは勝手にモニターの導子《どうし》を外《はず》してしまいました。あんな患者さん、帰ってもらいましょう」

「△さんは点滴《てんてき》をするとき、ナース（看護婦）を指名するのです。不愉快です」

中には、入院を続ける必要がない程に元気で、病識の乏《とぼ》しい勝手な患者もいます。しかし、看護婦さんから名指しされた患者さんの中には、自分の荷物に押しつぶされ、泣くようにして、健康な人間には理解しがたい態度をとる人もいるのです。看護婦さんからそれらの言葉を聞くたび、私は以前の自分と、マクリーン先生の言葉を思い出し、恥ずかしい思いになりました。

病気になれば、ましてや一人きりで病床にあれば、私たちいつまで聖人君《せいじんくん》子《し》でいられましょう。私たちだって、そのときが来れば、ソセゴンを射て、15mgはダメ、30mg射て、生食《せいしょく》（生理的食塩水）は射つな、と声をあらげるかもしれません。

また反面、私が診《み》てきた患者さんの中には、立派な人々も沢山いました。自分の病気は癌《がん》であることを知りながら、最後まで泣きごとを言わずに死んでいった人がいます。下半身不随になり、気管切開のため声もでないという苦しみの中にあって、なお感謝の心をもちつづけ、手をあわせて礼を言いつつ、意識を失っていった人があります。このような人々は皆、私にいろいろなことを教えてくれました。頭の下がる思いがいたします。そしてそのような人々が、今もなお病棟に多くいて、自分の重荷と闘っているのです。

私の肉腫は少しずつ増大しています。これから自分はどうなるのか、分かりません。もしかすると、今私が行なっている治療法が効果をみせることなく、肉腫は進行し、やがては大量の喀血《かっけつ》、あるいは肺炎、あるいは悪液質《あくえきしつ》に陥り、二度と徳洲会の病室を廻ることが叶《かな》わないかもしれない。ただ、ようやくパパと言えるようになった娘と、まだお腹《なか》にいるふたりめの子供のことを思うとき、胸が砕《くだ》けそうになります。這《は》ってでももう一度、と思うのです。しかし、これは私の力では、どうすることもできない。

肺への転移を知ったとき、覚悟はしていたものの、私の背中は一瞬凍《こお》りました。その転移巣はひとつやふたつではないのです。レントゲン室を出るとき、私は決心していました。歩けるところまで歩いていこう。

その日の夕暮れ、アパートの駐車場に車を置きながら、私は不思議な光景を見ていました。世の中がとても明るいのです。スーパーへ来る買い物客が輝いてみえる。走りまわる子供たちが輝いてみえる。犬が、垂《た》れはじめた稲穂が、雑草が、電柱が、小石までが輝いてみえるのです。アパートへ戻ってみた妻もまた、手をあわせたいほどに尊《とうと》くみえました。

病院を去る朝、私は朝礼で、暫《しばら》くのお別れを述べました。それが終わるや沢山《たくさん》の人々が私の手を握ってくれました。中には、私のために泣いて下さる方もいる。胸が一杯になりました。ありがたいことです。

郷里へ戻りますと、父が毎朝、近くの神社へ私のために参拝してくれていることを知りました。友人のひとりは、山深い所にある泉の水を汲み、長い道程を担《かつ》いできてくれました。これは霊泉《れいせん》の水で、どんな病気にでも効くと言われている。俺はおまえに何もしてやれなくて悲しいので、おまえは笑うかもしれないが、これを担いできた。彼はそう言って、一斗《いっと》以上もありそうな量の水を置いてゆきました。また私が咳《せ》きこみ、苦しそうにしていると、何も分からぬ娘までが、私の背中をさすりに来てくれるのです。みんなが私の荷物を担ぎあげてくれている。ありがたいことだと感謝せずにはいられません。

皆さん、どうもありがとう。這《は》ってでももう一度戻って、残してきた仕事をしたいと願う気持ちは強いのですが、咳《せ》きこむたびに咽喉《のど》をふるわせて出てくる血液を見ていますと、もはやこれまでか、との心境にもなります。

どうも、ありがとう。北陸の冬は静かです。長い冬の期間を耐えしのべば雪解けのあと芽をふきだす、チューリップの季節がやって来ます。

私の郷里砺波《となみ》平野は、日本一のチューリップ輸出地なのですよ。一度ぜひいらっしゃい。

胸《きょう》水《すい》貯《ちょ》留《りゅう》

私の左の胸に水がたまりはじめました。日がたつにつれ、その水のために心臓が右へ圧迫され、トイレに立つだけで息がきれます。深呼吸などとてもできません。浅く空気を吸い、そっと吐きだす。思わず呻《うめ》き声がでてしまうほど呼吸の苦しいことがあります。水は私の願いをあざ笑うように、確実に増え続け、ついに今では左の胸は水で一杯になりました。

癌や肉腫で胸や腹に水がたまるのには、ふたつの場合があります。腫瘍が胸膜《きょうまく》や腹膜《ふくまく》へ広がっていったために水が貯留してくる浸出性《しんしゅつせい》の胸水と、栄養状態が悪くなったりして血液の成分の不良により水が貯留してくる漏出《ろうしゅつ》性《せい》の胸水があるのです。私の場合は前者です。繊維《せんい》肉腫の細胞が、私の胸膜に浸入し、胸膜炎を発症させているのです。

私は何人ものこのような患者の主治医になってきました。その人たちは、苦しい苦しいと言い続け、決してベッドで横になって眠らず、坐ったままの姿勢で寝ていたものです。そうしないと、呼吸が辛《つら》いからです。いまようやく、私はその人たちの苦しみを、自分の体で感じています。

眠れません、どのような姿勢をとろうとも、胸をしめつけられているような息苦しさで、うなされるのです。浅い眠り以外、できないのです。思わず呻《うめ》いておりますと、妻が背中をさすってくれます。咳《せ》きこんで、ついには吐《は》き気《け》を催《もよお》したりすることもあります。すると何も知らぬはずの、一歳六ヶ月の娘が、洗面器を持ってきてくれるのです。心臓が丈夫ではない母が、つきっきりで私の看病をしてくれます。父は私のために泣いています。毎日のように、友人が私の声を聞きに来てくれます。ベッドの傍には、井村よ治れ、と二千羽の折り鶴が舞っています。私の病気を知り、私の快復を祈って折って下さった一羽一羽の鶴。どんな思いをこめて折って頂いたのか。その思いやりが、私に痛いほど伝わってきます。沖縄《おきなわ》の中部《ちゆうぶ》病院のかつての同僚たちからの、励ましの寄せ書き、おびただしい数の激励の手紙。お見舞い。花束。

こんな幸せな病人はいるでしょうか、身にあまる思いやり。今の私には、それに対して何のお返しもできません。ありがたいことだと、ただ感謝するだけです。

倫子《みちこ》へ／「日記」より（抜萃《ばっすい》）

倫子《みちこ》へ

飛鳥をよろしく頼みます
父親がいなくても誇りをもって
育つよう祈ります
僕は最後まで負けません
飛鳥の誇りとなれるように
ありがとう

飛鳥《あすか》へ

思いやりのある子に育ちなさい

お母様を尊敬しなさい
皆に感謝できる子でありますように

お父様
お母様
ありがとうございました
いつまでも共に居ります
いつまでも御一緒に生き続けます

昭和53年8月28日（月）

25日の夕刻、カウチベッドに寝ていて左前胸部の牽引痛《けんいんつう》を感じた。左手でいつも杖をついているための筋肉痛かと思ったが、どうも痛みはもっと深いところから湧《わ》いてくるようだ。来たかな。

不吉な気持ち。

翌日、自分でレントゲン室へ行き、胸部X線を撮《と》って欲しいと告げると、技師さんは笑いながら、

「先生。一体どうしたんですか」

出来た写真を見た瞬間、覚悟はしていたものの背筋《せすじ》が凍った。転移している。しかもこんなに大きな腫瘍がいくつも。左の肺に2、3、そして右の下肺にひとつ。それは直径四センチもある。われながら呆《あき》れた。五月に胸部写真を撮ったときは異常がなかったのに、わずか三ヶ月で……。

今、胸の牽引痛だが、次にくるのは、腫瘍による気管支閉塞性《へいそくせい》の肺炎か、喀血《かっけつ》か、それとも——。

歩けるところまで歩いていこう。

8月29日（火）

昨夜、和博《かずひろ》が東京からやって来た。僕のために、丸山《まるやま》ワクチンを持ってきてくれたのだ。試験中で、しかも月末のため交通費もなく、友人から借金をして飛んできてくれた。

効《き》く、必ず効く、よしんばこれで効かなくても本望《ほんもう》だ。

和博とワインを二本あける。美味《おい》しかった。

……………………

夢をみた。

倫子と飛鳥と僕の三人で、丘を歩いている。桜が満開で僕たちの上へ吹雪《ふぶき》のように舞い落ちて美しい。花びらはうす桃色、僕にはちゃんと足が二本ある。

夢の中ではいつも幸福だ。悲しい夢を最近は見ない。

ひとりでいると、いろんなことを思い出す。思い出は楽しいことばかりで自分の三十一年は楽しいことだけで築かれた積木の家のよう。いや、積木じゃない、そんなやわなものでない。

肺の転移を知って、病院を出、グリーンハイツの傍に戻ったら、世の中がとてもあざやかに見えた、空も雲も、砂も、草も、家も人も澄んでいる。

…………………………

別れたくない。

倫子とも飛鳥とも、誰とも別れたくはない。まだまだいっしょに生きていたい。

院長に話す。

院長は僕のレントゲンを見るなり、絶句された。父や母、そして倫子にもいよいよその時がくるまで話したくはない。

働ける限り働きたいと伝え、了解して下さる。

今日より丸山ワクチンと並行してＰＳＫ（クレスチン）を内服開始。カワラタケから抽出した蛋白《たんぱく》多糖体だ。効け。

胸痛持続する。倫子が心配するのでなるべく知らぬ顔をしているが、つい無意識に手が胸へ行く。跳《と》ぶと腫瘍が気管を圧するのか、呼吸が苦しい。車を運転していると、その微《かす》かな振動が呼吸を苦しめ、まるで走る車の窓から顔を出しているときのような苦しさだ。

でもまだまだ。

本番はこんなものではない。耐えられるかな。苦しみが十字架の形をしているなら、僕の十字架は少しも重くはない。なぜなら、皆が寄ってたかって僕の十字架を担いで僕と一緒に歩いてくれるからだ。

ありがとう。

病人には三つの苦しい条件がある。ひとつは自分の病気が治る見込みのないこと。ふたつめは、自分の病気を案じてくれる人のいないこと。みっつめはお金のないこと。

幸いなことに、僕は三つのうちふたつは免除してもらっている。ありがたい。

幼い飛鳥を抱いていると、胸が一杯になってくる。幼いから、恐らく将来父親の思い出はもてないだろう。僕のことなど覚えていよう筈がなかろう。とても辛い。幼い飛鳥を残していくなど、とても辛い。せめて、この抱かれたイメージだけでもその幼い脳裏《のうり》に刻みこんでおいてほしい。そしてときには、思い出してほしい。

8月30日（水）

食道を圧迫されるような不快感があるが、まだ嚥下《えんか》障害はない。食欲もあり、元気だ。

朝、外来《がいらい》をこなして、昼からは三階四階五階の患者十七名。そのうち悪性腫瘍は四名、悪性リンパ腫の横内イトノさんは脊損《せきそん》もあり下半身麻痺《まひ》で呼吸状態も悪く、気管切開をして五日め、今日は元気があり、僕の手を握って笑顔をみせる。話せないから口を動かして意志を伝えようとする。「先生、ありがとう、先生が一番」そう言ってくれている。あと幾日生きながらえるか。

消化器癌のKさんは、独り暮らしのお婆ちゃん。四階の外科病棟で、独り淋しい淋しいと泣いている。僕が廻診に行くと「おおきに、おおきに」と言ってまた泣く。

夕刻、こっそり当直室へこもり、腹壁の皮下《ひか》へ、丸山ワクチンを注射する。効けと命じて注射する。

院長が僕に、今のうちにしておきたい仕事はないかと、尋ねられる。何か論文でも書きあげておきたいなら、いくらでも協力する、と言われる。院長先生の御厚意が身に沁《し》みて嬉しい。
僕の体のことは、四人しか今は知らない。ふたりの弟と、院長。それに僕。

8月31日（木）
福田《ふくだ》つや子さん死去
糖尿病《とうにようびよう》と右下腹部腫瘤《しゆりゆう》で入院した患者さんだったが、腫瘤の手術のあと、腎不全《じんふぜん》での死亡だった。いつのときでも患者さんが死ぬ日は気が滅入《めい》る。一日中つまらない。
多くの人と別れた。
僕が医者になって、初めて患者の死に立ちあったのは、インターンになりたての頃だった。救急室へ搬送《はんそう》されて間もなく死亡した十六歳の少女。深夜ボーイフレンドとオートバイに相乗りしていての事故だった。その夜、僕は近くの飲み屋で哭《な》くように飲んだ。

それから、多くの人の死に立ちあった。

カロリー症候群の二十歳のMさんは、よく笑う石垣島《いしがきじま》生まれだった。摘脾《てきひ》手術後、腎不全で死亡した。白血病《はっけつ》のSさんは十四歳、気管内出血で死亡した。右胸心でアイゼンメンガー症候群の一歳たらずの子。ブラックファン、ダイアモンド症候群の女の子、肝硬変で雪ダルマのように浮腫《むく》みきった山川《やまかわ》さん、敗血症《はいけつ》のKさん。多くの人が去っていった。僕のような若輩《じゃくはい》にすべてを委《ゆだ》ねて、僕を信じて、命絶えて去っていった。それらの人々の供養《くよう》のために、今、僕は自分の生命を焼香《しょうこう》するように燃焼しているのかもしれない。

母は死んだ、祖父も死んだ、祖母も死んだ。みんな去っていく。

僕は十五のクリスマスに、遠藤《えんどう》牧師先生から、洗礼《せんれい》を受けてクリスチャンになった。以来、キリスト教に対して考えるところがあって教会からは離れたが、人間以上の存在はあるのではないかと思っている。

魂《たましい》が永劫《えいごう》なら、どんなにすばらしいだろう。人が死んでも消滅ではなくまたその瞬間から新しい生命が始まるものなら、どんなになつかしいことだろう。

9月2日（土）
和秀《かずひで》と和博《かずひろ》が東京からやって来た。
僕の体を案じ、僕をいたわりにやって来た。ありがたい。幸福だ。みんなが僕の十字架を担ぎあげてくれる。

9月6日（水）
倫子《みちこ》が僕にすがって泣く。夢をみたのだという。どんな夢かと言うと、僕がどこにもいない夢だという。捜しても捜してもどこにも僕がいないのだという。「ひとりで死なないで」といって泣く。

9月15日（金）

砺波《となみ》へ帰省する。

故郷はいい。目を閉じたままでも安心して進んでいける。北陸の風は冷たく爽《さわ》やかだ。これが元気な間での、最後の帰省かもしれない。そう思い、ひとりでも多くの友や親戚と歓談する。

咳《せき》がでる。気づかれぬよう息をこらして咳をする。まだ喀血《かっけつ》も発熱もない。今日は丸山ワクチンを射つ日。倫子や父母に隠れて、そっと23ゲージの針を左腕につきさす。効け。このワクチンのアンプルは、昨夜から亡母の仏壇にしまっておいたもの。

9月17日（日）

今朝三時頃、倫子とドライブをする。中秋の名月。松井《まつい》が来、高田《たかだ》が来た。みな親友。僕を気づかい、集まってくれた。今夜、皆既月蝕《かいきげっしょく》。

10月24日(日)

ひと月の間、症状進行せず過ごす。咳嗽《がいそう》は持続する。不整脈も時折でるが、胸の痛みなく、発熱も倦怠《けんたい》もない。ありがたい。丸山ワクチンとPSKの併用療法が効いている。

倫子が妊娠した。嬉しい、どうしてももうひとり子供が欲しかった。僕は昨年の手術でかなりの量の抗癌剤を使っていたから、もう子供には恵まれぬかと思っていた。でも欲しかった。どうしても母ひとり子ひとりにはさせたくはない。ふたりの子供が力をあわせれば、どんなことでも乗りこえられる。男でも女でもいい。思いやりのある子であれば。

「この子は、あなたの執念の子ね」

倫子は笑って言った。

12月10日(金)

母の祥月命日《しょうつきめいにち》。今日限りで、勤務をあきらめた。胸の痛み、不整脈、咳《がい》嗽《そう》、その全《すべ》てが着実に増強し、食事も充分とれなくなってきたからだ。血痰《けったん》もでる。

もはや、これまで。

覚悟を決め、休職を申しでる。

ひと月まえ、僕は倫子に本当のことを話した。肉腫が肺に転移していること。あと何ヶ月耐えられるか分からない、ということ。倫子は黙って泣いていた。

12月28日（火）

本日より、丸山ワクチンの内容が一部、変更となった。AとBを交互に使っていたのが、今後はBのアンプルのみを用いることになったのだ。

数日まえ、荷物をまとめて砺波《となみ》へ戻って来たが、この一、二週間はっきりとした速度で腫瘍は悪化しているようだ。

血痰の量もふえてきている。

いつ肺炎になるかもしれず、いつ大量喀血《かっけつ》するかもしれぬ。猶予《ゆうよ》はならぬ。

砺波へ帰ってみると、父が毎朝、近くの神社へ参拝にいって僕のために祈ってくれているのを知った。友人の岩川《いわかわ》君は、山奥深い所から沢山《たくさん》の木をかついできてくれた。万病に効く聖水であるという。祖母は僕のため、日夜御《み》仏《ほとけ》に祈りつづけてくれている。

ありがたい。

I never give up.　（けっしてあきらめない）

I am a champion!　（私は戦士だ）

12月30日（木）

新雪が庭につもる。母が逝《い》った日も、今日と同じように庭石に新雪がふっていた。

雪のふる日は静かである。

咳をする。血痰がでる。また咳をする。左の胸がふるえて痛み、包丁で胸をえぐり腫瘤《しゅりゅう》をとり出せたら、どんなに楽だろう。

砺波には父がいる。母がいる。妻がいて娘がいる。このあたりまえのことが何と尊《とうと》いことか。

12月31日（金）

楽しい思い出は、いつ思い出してもいいものだ。僕にとって楽しい思い出とはなんだろう。

やはり倫子との思い出……。

石垣島との往復も楽しかった。石垣の空港に降りたつと、そこはまるでベトナムの空港のようにツンとして、かつ味気ない。建物の蔭から水牛が歩いてくるのが見える。

……………………

楽しい思い出はすばらしい。

青葉城《あおばじょう》恋唄《こいうた》をテレビで聞く。飛鳥が紙筒をマイクがわりにして、その唄にあわせてうたっている。

その無心な笑顔をみていると、この子を残していかねばならない自分が悲しくてたまらない。

1月2日（日）

静かである。雪が降っているのか、静かである。

澄んだ心でいられることがとてもうれしい。

いつまでも静かな心でいたい。

倫子のお腹がいよいよふくらむ。

元気ないい子を立派に生んでくれよ。

早くその子の顔をみたい。名前をつけてやりたい。

1月4日（火）

悲しい。
なんとしても生きぬきたい。
今日、和博がワクチンを持って来てくれた。
四十日毎《ごと》に命《いのち》を運んできてくれる。
死ねない。

ありがとう

和清

父から飛鳥《あすか》への贈りもの

一九七八年一月二十六日より

飛鳥《あすか》は水曜日に生まれた子

アーサー・ラッカムが絵を書いて有名になったイギリスの子守唄詩集「マザー・グース」にこんな唄があるよ

顔のいいのは月曜日に生まれた子
品のいいのは火曜日に生まれた子
すぐに泣くのは水曜日に生まれた子
旅に出るのは木曜日に生まれた子
恋をするのは金曜日に生まれた子
苦労するのは土曜日に生まれた子

だけどいちばん可愛いくて
　気立てのいいのは
　　日曜日に生まれた子

飛鳥が生まれたのは、予定日を10日近くも通りこした7月の20日。水曜日のことだった。

空は曇っていたけれど、ときおり、うっすら陽射しがあって、その中を私は車をとばして病院へむかった。

三〇二〇グラムの飛鳥は、生まれたときから色が白くてかわいかった。お猿さんの赤ちゃんのように、ミーミーと泣いていたよ。

飛鳥という名前

古事記《こじき》の中の巻に、倭 建《やまとたける》の命《みこと》の奥さんで弟橘比媛《おとたちばなひめ》という方が記《しる》されているけれど、飛鳥がうまれたとき、まず思いうかべたのが、この神話の中の女性だった。倭建の命は男らしい人であったし、その后《きさき》の弟橘比媛は女性の鑑《かがみ》のように私は思っていたので、その名前かあるいは何かを、自分の最初の子供に名づけたいと思った。

はじめ橘という名前にしようと思ったけれど、倫子が女の子の名前に濁音をつけたくないと言ったので、それなら日本のふるさと飛鳥《あすか》にしようということになったんだ。

古事記は飛鳥から生まれた。

外国へ行くと、必ずといっていいほど日本人は「あなたの名前はどういう意味なのか」と聞かれるよ。飛鳥——flying birdというのは、いいじゃないか。

「飛鳥」という地名は、昔「明日香」といった。百年の間、都があって、その明日香の枕詞《まくらことば》が「とぶとりの」であったから、のちに明日香を飛鳥と書くようになった、と聞いたことがある。

飛鳥というのはいい名前だろう。みんながほめているよ。

飛鳥に残しておきたい言葉

夢をみた。

手術をした数日後のことだったよ。

手術というのは、私の足が肉腫に罹患《りかん》しているということで（このことはまたあとで書こうね）、昨年一九七七年十一月二十二日に右足を大腿部で切断した。そのことなんだ。そして夢をみた話。

私は馬に乗っている。崖《がけ》のような険《けわ》しい山道だった。所は沖縄《おきなわ》の辺土名《へんとな》岬の近くだったと思う。

ひとりだったか、あるいは二、三人の連れがいたか分からないけれど、岬にむかって進んでいると、病院のドクターがふっと私の目のまえに現われて

「これを……」

と言って、レントゲン写真をみせたんだ。それは私のレントゲンで、胸がうつっている。右上葉に Coin Lesion（コイン・リージョン）とよばれる肉腫

の転移の像が、三つほど写っている。

ああ、もはやこれまでか、と私は思った。肺に転移があれば、もう長くは生きられないからね。

その瞬間、飛鳥のことを思っていた。

いま私が死ねば飛鳥はどうなる。死ねない。飛鳥を父を知らない子供にしてはならないと思っていた。そしてそれでも死んでゆかねばならないものなら、飛鳥に、どうしても書き残しておかねばならない事柄があるはずだ。それを書くまでは生きていなければ。

そう思いながらも、なぜか自分の気持ちは澄んでいて、どこか超然《ちょうぜん》とした気分でもあった。


目が醒《さ》めた。

そして、このノートを書こうと思った訳《わけ》。

そう簡単に人間が死んだり肉腫が転移してたまるかって気持ちもあるけれ

ど、でもやはり、たとえ自分は百まで生きるにせよ、自分の娘に残してやりたい言葉のいくつかはあるものだ。

それでこのノートを書いていくことにした。笑わないで。

今から書いていくのは、飛鳥の赤ちゃん時代のこと、飛鳥が生まれるまえのこと、それでも是非《ぜひ》飛鳥に知っておいて貰いたいことがら。

えとせとら。飛鳥の知らないことばかり。

眠って笑う飛鳥

十一月二十二日に右足を切断して二ヶ月がすぎたけれど、私はまだ入院中。十一月七日に入院してからずっと、飛鳥は一緒に病院暮らしをしていてくれている。

特別室なのでスペースがあり、私のベッドの横に倫子のつきそい用のベッドがある。そのふたつのベッドの間に飛鳥のための小さなベッドを作って、そこで飛鳥はもう二ヶ月以上も寝ている。

飛鳥が眠るときはいつも大の字。天下は私のもの、と言うように精一杯手を広げ、足を広げてねむる。それでもザブトン一枚からはみだすほどの大きさもない。

飛鳥は眠りながら、ときおりキャッキャッと言って笑うことがある。あるいは声をたてず、ただ口を小さく開いて笑うこともある。そのときの笑顔が一番いい。中尊寺《ちゆうそんじ》の彌勒菩薩《みろくぼさつ》を思わせる。ね、ひょっとしたら、彌勒菩薩をはじめて像にした人は、この赤ちゃんの無垢《むく》の微笑《ほほえ》みを見て、その像をつくったのかも知れないね。

〃赤ちゃんが眠りながら笑うのは

　夢の中で、神さまにあやしてもらっているとき〃

こんな詩をみたことがある。曾野綾子《そのあやこ》という作家が書いたんじゃなかったかな？

お気に入りは花あやめ

私は花が好きなので、友人達が次々と花を病室へ届けてくれている。とくにカーネーションが好きだからカーネーションが多いけれど、そのほかにもフリージア、バラ、菊、そして菜の花。

ね。飛鳥が今、一番気にいっている花はどんな花だと思う。生後6ヶ月めの飛鳥のお気に入りは、青紫《あおむらさき》の花弁《かべん》のたれた花あやめ。他の花には目もくれず、花瓶の中の花あやめばかりを取ろうとして手を伸ばす。取ったらその花を口の中へもっていこうとする。あわててそれを取りあげるなら、飛鳥はミーミー、甘えた声で泣き出してしまう。

「恕《じょ》」という言葉

「恕《じょ》」という言葉を知っているかい。心の如《ごと》し、と書くけれど、これは「思いやり」ということ。

恕の気持ち。

これを飛鳥に一番大切にして貰いたい。

辞書には恕のことを「思いやり」とあり、「思いやり」の項には、「同情すること、あるいはその気持ち」と書いてある。

でも、思いやりと同情とは違うと思うけれど、どうだろうか。私は、同情という言葉には、同情という名の差別感を感じることがある。思いやりにはそれがない。

自分の周囲の人が悲しんでいれば、それを自分の悲しみと感じ、まわりの人が喜んでいれば、それを自分の幸せと感じられる人に育ってほしい。そんな子に育ってくれたなら、私はもう何も要《い》らない。

燈燈代代《とうとうだいだい》——人の心も受け継がれる

お母さんの体には琉球《りゅうきゅう》民族の血が脈うっている。その血はお母さんの両親から、その両親はそのまた両親から、と次々と受けつぎ流れている。血——赤血球《せっけつきゅう》なんて寿命一二〇日間、なんて野暮《やぼ》なことを言っちゃいけない。倫子はその両親のあたたかい思いやりという血を受け注《そそ》がれて、こうして人の親となってきた。私とて同じ。燈燈代代《とうとうだいだい》。——この燈燈代代という言葉はまた後で教えます。

やがて飛鳥も大きくなる。人の親となる。そのとき、飛鳥の体に脈うつ幾多の親、祖父母、そのまた父母のことを思ってほしい。そして、やがて飛鳥の子供が大きくなったら、

「おまえのおじいちゃん、おばあちゃんはこんな人だった」

「おまえのひいおじいちゃんは立派な医者で、それは優《やさ》しい人だった」

「おまえのひいひいおばあちゃんは、二十歳代で夫を亡《な》くしてから、女手ひとつで子供を育てあげた人だった」と、伝えてもらいたい。そうすれば、もうすでに死んでしまっている人々——たとえば、飛鳥のおばあちゃん、つまり私の生みの母。その両親。倫子の大好きだったおじいちゃん——あるいはまだ今元気に働いている人々がやがて死んでゆかねばならぬとき、たとえ体は死んでも、飛鳥やその子、その孫の中に生き続けていくことになる。ね、

飛鳥。忘れ去られるというのは寂《さび》しいことだ。だから、この「贈り物」のノートの中に、飛鳥が知らないかも知れない人々のことを書いておく。飛鳥は知らないだろうけれど、飛鳥の体の中にはこの父母たちの血があたたかく流れている。そして、もし、この人々がもし生き続けてくれていたなら、私たちお父さんお母さんと同じように、飛鳥をかわいがり、いとしんでくれる人なのだから。私たちは飛鳥のためなら、どんなことでも出来る。死ぬことさえも苦しくはない。それと同じ気持ちでいてくれる人たちが、今から書く人達だ。

大事にしてあげなさい。この先祖たちの心を。

お母さんの体には琉球民族の血が脈うっている。そして、私の体には大和《やまと》民族の血が。飛鳥にはその両方の血が流れあっている。

手術をした数日後にみた夢が本当のことになった。

悲しいことに、手術後九ヶ月で、肉腫は肺に広がった。しかも、左右全肺にいくつもの転移巣をつくっている。
咳がでる。血痰がでる。熱がでる。そして食欲不振。
いつまで飛鳥と一緒にいられるだろうか、
いつまで飛鳥を抱いてやれるだろうか、
飛鳥をみていると涙がでてくる。

再発を知ってから、私はなんとかもう一人の子供が欲しいと思いはじめた。

もう一人の子供がほしい。それは私の祈りだった。

母ひとり、子ひとりにしてはいけない。

ふたりの力をあわせれば、どんなときでもお母さんを助けていける。さんにん力をあわせれば、どんな敵も怖《こわ》くはない。

祈るように子供を願った。

お母さんが妊娠した。

そのときの私のよろこびは、どんなだったか分かるかい。


ふたりの子供たち。

思いやりのある優しい子供に育ちますように。


燈燈代代。

むずかしいことではないんだ。ひとつの灯《あかり》の火を、次の灯にうつし、次々に火をうけついでいくということなのだよ。最初のローソクがもえつきても二つめの油がなくなっても、火はいつまでも、もえつがれていく。

人の心も同じことなんだよ。

思いやりのある子は、人を幸せにする。

人を幸せにできる子は、自分はさらに人によって幸せにされる。

人が悲しんでいれば、その人のために悲しみ、人がよろこんでいたら、その人のために一緒に心からよろこぶことのできる子。

それが思いやりのある子。

理想の子。

飛鳥にすすめたい本を書いてみようか。これらの本は、私がそれぞれの年に涙がでるほど感動して読んだ本か、あるいは心を尽くして書いた私の本。

一、こねこのかくれんぼ（坪田譲治《つぼたじょうじ》作、童謡）
　九才のとき読んで感激した童話です。
二、マルコによる福音書《ふくいんしょ》（聖書）
　十五才のクリスマスに、私は自分の意志で洗礼を受けました。
三、遺稿集《いこうしゅう》「母」
　母が死んだ翌年、昭和四十五年十二月に、一周忌記念として私が編《あ》んだ本です。私家版で、沢山《たくさん》の人によろこんで頂けましたが、今、残部はごく僅《わず》かです。
できることなら再版したいですね。
四、星の王子さま（サン＝テグジュペリ）
大学生になってはじめてこの本を読みましたが、そのときの心のふるえは言葉では言えません。人の心と、人にとって最も大切なもの、を教えてくれる本です。
五、無辺光《むへんこう》（山崎弁栄《やまざきわきえ》著、講談社）
肺に肉腫が転移してから読みはじめた本です。むずかしい本ですが、宇宙の真理について静かに語りかけてくれる本です。

手紙より（抜萃）

弟（和秀）宛の手紙

情が詰められた小包を受けとり、秀ちゃんの思いやりに胸が一杯になった。

ありがとう。ありがとう。

＊　＊

頼みがある。

僕は今日のレントゲンで左胸一杯に胸水が貯留しているのが分かった。皆は僕を支えあげ励ましてくれるし、僕も最後まで病気に挑戦していくが、しかし、もう猶予《ゆうよ》はできない、時間がない。遅れすぎぬうちに、秀ちゃんに頼んでおきたいことがある。

大変に申し訳ないことに、僕は皆から親切にして貰い、父や母の思いやりをあふれるほどにあびながら、この分では春まで持つのが精一杯、あるいはいつ急変するか分からぬところまで来ている。淋しいけれども、嘘はつけない。

*　　*

いまから年老いてゆくお父さんお母さんを、どうか、よろしく頼む。もし僕が死んだら、お父さんはどんなに苦しむか、お母さんがどんなに淋しがるか。それを思うと、何よりも辛い。しかし万一、そのような時がきたら、秀ちゃん、仏さまのようなお父さんとお母さんを、僕にかわって守ってあげてくれ。和博は井村《いむら》医院の名を継いでくれると思う。しかし、何にせよ、お前の力が必要だ。お父さんお母さんを守り、弟と姉を助けて、どうかその実力を発揮してくれ。頼む。

*　　*

このまえ頼んだ本のこと、よろしく頼む。僕が書き残す原稿のことだ。飛鳥と、今ふたりめの子供が倫子の胎内《たいない》にいる。この二人の僕の子供を、父親を知らない子供にしたくないのだ。だから子供たちのため、原稿を書いている。この子供たちが大きくなったら、読んで貰いたい。これは僕の祈りだ。本のことに関しては西中《にしなか》の津山《つやま》さんのオジサンと、松井《まつい》君にも頼んでおくがもしかすると僕が死んだらその原稿を他の人が本にして出版すると言われるかもしれない。

それは構わないが、それとは別に、私家版《しかばん》として、作ってほしいのだ。いつまでも置いてもらえるよう、丈夫な表紙がいい。

＊　＊

淋しくてたまらないときもあるが、しかし、ここまで来てしまった以上、どうあがいても仕方がない。

最後まで歩き続けるだけだ。

＊　＊

飛鳥の父親代わりをよろしく頼む。ふたりめの子供もどうかよろしく頼む。思いやりのある子に育ってほしい。

ありがとう。

いい弟、いい父母、いい妻、いい娘、いい妹、やさしい友人たち、幸せなものです。

今日も沖縄から僕を励ますために仲村《なかむら》君が飛んできた。明日は大阪の病院から来てくれる。月末には、また沖縄から友人が駆けつける。

* * *

31。もっと生きたい。あと5年。あと5年あれば、全ての基礎を造れるのに。秀ちゃんの力、博ちゃんの力、寺さん、英ちゃん、雅代ちゃん、吉将《よしまさ》君すべての力を包括したものを造りあげる、それが僕の夢だった。

お父さんはゼロから出発してここへ辿《たど》りついた。それを僕はさらに上へ横へと、お父さんの為《ため》にも広げたかった。

しかし、時間がない。

残念だ。

この数年のうち、心から喜んだ出来ごとが二つある。それは、和博の医大合格と、秀ちゃんの薬剤師合格だ。うれしかった。本当に満足だった。

＊　＊

頼む。

何よりも、悲しんでいるお父さんお母さんを、よろしく頼む。何にも分からぬ僕の子を頼む。おそらく、やがては倫子と二人の子供は、僕がいなくなれば、沖縄へ帰るだろう。それでいい。けれどもたまには、富山へ来て、ふたりの子供たちに、自分の父親が育った土地を見せ、父親について教えてやってほしいと思う。

それは倫子に幾度も頼んだ。この子供たちがやって来たら、どうかよろしく頼む。もし何か困難に出あって困るようなことがあれば僕のかわりに、手をかしてやってくれ、頼む。

無理なことばかり頼んで、すまない。31、まだ死ねない。あと5年。這《は》ってでも生きたい。
しかし、肺の肉腫は日一日と増大している。
源義経は31で死んだ。でも、31は早すぎる。
咳がでる。呼吸がとまりそうになる。咳がでる。眩暈《めまい》がする。咳がでる。
血を吐く、咳がでる。

＊　＊

父親が子供のために葬式をする。こんな残酷なことはない。何としても、生きのびたい。けれども医者として、医学に沿って治療するしかない。丸山ワクチンとクレスチンを続け、その補助として、頂いた漢方薬を飲んでいく。ありがとう。その補助が、もしかすると大変な協力者であるかもしれない。何より、秀ちゃんの思いやりがうれしい。効け！　そう命じて飲んでいる。よろしく、頼む。頼む。くれぐれもよろしく頼む。頼む。手をついて、頼む。父母を頼む。

井村　和秀様　　一月十五日　　和清

弟（和博）宛の手紙

大変心配をかけて、すまん。全身状態は良好なのだが、昨日、左前胸部の牽引痛を感じて、それがとれないものだから、もしや、と思って chest の X-ray を撮ったところ、中肺野の後ろよりに Tumor が2～3コ見えている。Tbc の可能性も否定はできないがまず meta だろう。とにかく、病気に負けないで歩けるところまで歩いていくつもりだ。誠にすまんが、協力を要請する。たのむ。お父さん、お母さん等、皆に心配かけたくないので、すまんが内緒にしておいてくれ。4月の X-ray でなかった Shadow が8月26日に直径4㎝だから、Speed はかなり早い。

親孝行をたのむ。

8月26日

和博様

和博殿
先日はありがとう。よく来てくれた。博ちゃんが射《う》ってくれた注射の有り難さは忘れられない。
8月29日

歩けるだけ歩いてきたが、今、はじめて膝をついた感あり。御支援を感謝す。今年の暮れは砺波《となみ》で会おう。石川明子《いしかわあきこ》さんが野球TVゲームを送ってくれた。対戦を楽しみに待つ。
12月15日
弟様

妹（寺島真知子）宛の手紙

あけましておめでとう
僕の肉腫は次第に増大しています。

のどをふるわせてとび出す血液を見ていますと、そろそろ覚悟する時期かとも思うようになります。

人間の苦しみが十字架の形をしているなら、僕は幸せなことに、まわりの皆がその十字架を担ぎあげてくれているので僕は何の重荷を負うこともなく手ぶらで歩いているようなものです。

この数日食事がとれません。でも苦しくはありません。

お父さんは毎朝近くのお宮へ僕のために参拝に行ってくれています。

お母さんも実母以上に僕を想い、気づかってくれます。

倫子もひと晩中、ぼくが咳《せ》きこむたびに背中をさすってくれます。

みんなが僕を支えてくれる、ありがたいことです。

ただ親より先に死ななければならないということが何よりも辛いです。こんな親不孝なことはない、いやまだ死ぬと決まっている訳ではないけれど。
お正月のプレゼントを贈ります。詩です。
元旦の朝早く書きました。
いつでもいい母であり、いい妻であり、いい子供でいなさい。
みんながあなたを生かさせてくれています。
ではバイバイ。
元旦の未明

あたりまえ

あたりまえ
こんなすばらしいことを、みんなはなぜよろこばないのでしょう
あたりまえであることを
お父さんがいる
お母さんがいる
手が二本あって、足が二本ある
行きたいところへ自分で歩いてゆける
手をのばせばなんでもとれる
音がきこえて声がでる
こんなしあわせはあるでしょうか

しかし、だれもそれをよろこばない
あたりまえだ、と笑ってすます
食事がたべられる
夜になるとちゃんと眠れ、そして又朝《また》がくる
空気をむねいっぱいにすえる
笑える、泣ける、叫ぶこともできる
走りまわれる
みんなあたりまえのこと
こんなすばらしいことを、みんなは決してよろこばない
そのありがたさを知っているのは、それを失くした人たちだけ
　なぜでしょう
　あたりまえ

和清
（S54・1・1
新年の贈り物）

第二部

祈りをこめて

「父と母の記録」より

井《い》村《むら》千《ち》重《え》子《こ》

□昭和五十三年四月五日
「倫子《みちこ》、沖縄へ行ってこいよ。長い間の病院生活と通院で疲れただろう、慰労《いろう》だ」と和清がすすめたので、嫁の倫子は二週間ばかり飛鳥《あすか》を連れて里帰りいたしました。その留守中、市民病院でのリハビリテーションへは私が付き添ってゆくことになりました。

それまでの訓練の甲斐《かい》あって、義足を付けて自動車の運転はできるようになっておりましたが、杖をつくため、両手が使えず荷物が持てません。

先生に階段を昇る練習をしなさい、と言われたからと、彼はまだうまくあやつれない義足で一歩、一歩、階段をのぼります。和清にとって日常のすべてがリハビリテーションなのです。顔はいつも笑っていましたが、その気魄《きはく》は親の私でさえ、おそろしいくらいでした。

訓練室につくと、タオルの寝間着に着替え、残された左足を先生に抑《おさ》えられ、うつ伏せに背筋、仰向けに腹筋運動を十五分くらいいたします。それから、義足を付け、服に着替えて、「機械」のベルトの上を歩くのです。

両手でパイプを握り、壊れた人形のようにぎこちなく、ただひたすらに歩き続ける姿に思わず涙があふれ出て仕方がありませんでした。

和清の死後、二月に、倫子、飛鳥と連れだち、お礼に訓練室をおとずれた時、ドアを開けた瞬間、その「機械」が目に飛び込みました。

ああ、和清が汗を流して歩いていた、そう想い出されると、涙が、また、どうしようもなく流れてきて、今度は、先生方に挨拶《あいさつ》することも忘れ、泣いておりました。

□昭和五十三年九月三十日

「お父さん、お母さん、元気ですか。飛鳥の写真が、大丸《だいまる》の写真展に入選したんですよ。見に来ませんか、ホテルを予約しておきます。博《ひろ》ちゃんは来れるそうだけど、秀《ひで》ちゃんたちは恵子《けいこ》さんが出産間近だから、来れないんだって……」うれしい電話がありました。

土曜日の午後に上阪、六時過ぎにホテルに着きました。

紺のシャツ、真白なスーツ姿の和清は、私どもを見付けると、ニコッと笑い、杖がなかったら義足と気付かぬくらい、上手に歩いてまいります。左足を少し引きずるようにしておりました。後ろから、よちよち歩いてくる飛鳥の姿、倫子を見て、その時はまだ何も知らず、皆元気そうだな、とほっとしたものでした。

やがて、和博《かずひろ》も加わり、夕食をみんなでいたしまして、一泊。

翌日、飛鳥の写真を見にまいりました。

念願のオメガの新車を手に入れて二ヵ月、私どもを乗せて得意そうにさえ見えました。もうその頃は、肺へ転移しており、弟二人にだけ打明け、倫子や私どもにはひた隠しに隠して、いつもと同じ笑顔、朗《ほが》らかにさっそうとして見せていたのです。その心中を思うと、ただ、不憫《ふびん》でなりません。

□昭和五十三年十一月十八日

幸いお天気もよく、打合わせ通り、午後の雷鳥《らいちょう》で、羽咋《はくい》のおばあちゃんと大阪へ出掛けました。

十一月初めの連休に、和清たちが帰郷した時、志摩《しま》半島か神戸《こうべ》のあたりで、ぜひ、井村ファミリー全員で集まりたいと申しており、その希望を叶《かな》えるためでした。しかし、直前になって、志摩半島か神戸が、大阪に決まったのでした。

学生時代から、家族全員で集まるのが好きで、機会あるたびに、連絡から、ホテルの予約、食事はもちろん、遊びに行く計画、飲みに行くところ、すべて彼が世話をしてくれました。

年々家族も増え、合計十四人、ホテルを五部屋予約しての大旅行になりました。ホテルのレストランで、おばあちゃんを中心に、幼児五人を含め、十四人がずらりと勢揃い、にぎやかな夕食が始まります。

「おめでとう」いつもにこやかに乾杯の音頭《おんど》をとるのは、和清です。

「真知子《まちこ》、誕生日おめでとう、皆さん、おめでとうございます」いつもと、まったく変わりなく、楽しそうに話をしながら、「美味《おい》しい、美味しい」と、御馳走《ごちそう》を平げているのをみていると、そんな恐ろしい不治の病気を胸に抱えているなど、知らぬ者には想像も付きません。

それぞれの思いで、胸に同じ心配の重い鉛を秘めて、何気なく、楽しそうに振る舞う心の中は、とても言葉で表わされるものではありませんでした。

別れ際《ぎわ》、「無理をしては駄目やから、身体に気をつけてね。いつでも帰っておいで……」と、申しましたが、「ありがとう、何遍《なんべん》も云うけど、僕の好きにさせておいて……。今の僕には仕事が生き甲斐なので、この仕事を取ったら、廃人《はいじん》同様になって、死ぬのを待つだけや。働いていれば、食欲もあるし、歩けるところまで歩いていく。僕は、僕自身が自分の主治医でもあるのやから、クレスチンと丸山ワクチンでやってゆくことに決心したんだ……」その返事に返す言葉もなく、うなずくだけでした。ただこの二日間、思いのほか咳《せき》の出方も少なく、食欲もあり、元気だったので、これはひょっとして、薬が効いて、若いことでもあるし、奇跡的に快方に向かっているのではないか？　と、良い方へ解釈しておりました。

後になってから、「お父さんたちの前で咳をすると、心配するから、今のうちにしておこう」などと言って、部屋を出る前に、わざわざ咳をしていたと、倫子から聞いたのでした。

□昭和五十三年十二月十三日

徳洲会病院の理事長、徳田《とくだ》先生のお招きを受けて、私ども二人だけ日帰りでの上阪。

先月、家族みんなで集まったホテルで昼食をご馳走になりました。徳田先生はお忙しいのにほとんど半日を費《ついや》して、いろいろとお世話をしてくださいました。

「井村先生、故郷へ帰ったら、書きなさい。貴方《あなた》は何かを書いて残さねば嘘ですよ。仕事だと思って、身体の調子のいい時に、どんどん書きなさいよ」

何度も何度も繰り返しておっしゃいました。

和清は、再発を知った時から、倫子や飛鳥、もう一人のお腹《なか》の子どもにあてて、日記などを書き始めていた様子でした。

休職ということで、病院を辞《や》めたのは、十二月十日。玄関で倒れ、倫子の頼みもあって、ようやく決心したとか。最後の病院での朝礼では、和清の別れの挨拶《あいさつ》に、だれもがあちこちですすり泣きながら、別れを惜しんでいました、と徳田先生はおっしゃいました。

病《やまい》が進行したせいか、仕事ができない淋しさのせいか、和清にいつもの元気はなく、徳田先生のお話にも、ただにこにこ笑ってうなずいておりました。言葉少なく、ご馳走に少し箸《はし》をつけただけ、グラスのビールもほとんど減っておらず、寂しげな顔色と瞳でした。

そんな和清を見ていると、私どもは胸がしめつけられ、折角のご馳走の味もわからず、勿体《もったい》ないことながら、お腹がいっぱいになっただけでした。

帰りの車中では話をする気力もなく、二人とも黙ったままでした。

□昭和五十三年十二月二十日

「ただいま！」

毎月、帰省していた時や、それ以前の本当に健康だった頃と同じように、いつも変わらぬ元気な声で、にこにこ笑顔で、車から降りてきました。

和清の胸中を察し、私どもは涙があふれそうなのを、あわてて笑顔を返し、つとめて明るく、

「お帰り、どう？　疲れた？」

半分は奇跡を希《のぞ》み、半分は絶望的な思いをそれぞれに秘めて、表面だけは明るく平和な生活が始まりました。

よちよち歩き出した飛鳥だけは、家族も増え、家も広くなったし、一人ではしゃぎ回り、無心な笑顔をふりまいてくれ、天使のように、私どもの救いとなってくれました。

ちょうど、去年のこの頃は、自宅の診療時間の終わるのを待ちかねるように、高岡《たかおか》の病院へ行ったものでした。

「今日はグラタンが食べたいな」と、電話があれば、時間に合わせて焼き、「ヒレカツがほしい」と言えば、揚げたてを持っていき、また、紫蘇《しそ》入りのおにぎりなど、冷さぬよう、幾重《いくえ》にも包んで運び、狭い病室で一家四人（飛鳥はまだ母乳を飲んでいました）の夕食をしたものです。

ご飯も暖かいのを食べさせたくて、家からジャーに入れて持参し、忙しい思いをしながらも、ただ喜ぶ顔がみたくて、張り合いのある毎日でした。一日も早く元気になってほしいばっかりに、手術後の二ヵ月間余り、ほとんど毎夜、私どもは蟻《あり》のようにせっせと運びました。

でも、その頃はまだ希望があったのです。

□昭和五十三年十二月二十九日

「お兄ちゃん、ひどい咳が出るね、風邪がひどうなったがでないかいね。大事にせにゃ、早う癒《なお》さんならんぞ。こんな恰好で寒うないかいね」と言いながら、おばあちゃん（当時わが家に滞在中）は、日に何度となく、和清の背中を撫《な》でさすっておりました。おばあちゃんにはまだ何も知らせてありませんでした。

「ありがとう、おばあちゃん、大丈夫や。ありがとう」和清はうれしそうに笑っております。

『おばあちゃん、もう、お兄ちゃんは遠からず死ぬことを知って、覚悟しているんですよ。皆と、こうして最後まで賑《にぎ》やかに暮らしたいから、入院しないで、我《われ》とわが身の治療をして、苦しみに耐えているんですよ』口まで出かかる言葉を、何度、胸の内に押しこめたことでしょう。

咳《せ》きこんで苦しんでも、すぐ、にっこりと笑う顔をみて、何とかならぬものか、今からでも何か方法はないものか、神様、仏様、どうかお助けくださいい、このまま、針の筵《むしろ》の毎日が、一日一日と過ぎてゆくだけなのですか、取り返しのつかぬことにならぬまえに、どうぞ、お助けくださいい。背中を撫でながら、何度、そう思ったことか……。

陰では、しつっこいほど、お父さんに「入院させましょう」と同じことを繰り返すと、

「あんなに入院するのを嫌がっているんだから、思う通りにさせてやろう、手術をしようにも、両肺に転移が散らばって、手の付けようがないのだ。入院しても、抗癌剤の副作用でかえって体力が弱るだけだと本人も言うし、もう、こうなったら、一日でも欲しがる物を食べさせて、明るく見守ってやるより仕方がない……来年の三月までもつかなあ……」

と、暗い顔。

三月、何と残酷なこと。来年の三月、という言葉が耳にこびりついて、離れなくなりました。

一日中、何かに追いかけられるような感じで、「何とかしなければ、何とかしなければ」とあせるだけでした。おばあちゃんに話しかけられても、何度、上《うわ》の空《そら》で受け答えしていたかしれません。

正月用の買物に出掛けた時のことでした。一緒に行ったおばあちゃんが、果物売場で一人熱心に品定めをしておられる様子。そのうち、姿が見えなくなったな、と思っていると、出口で、小さな紙袋を胸に抱いて立っておられるのです。その紙袋にはメロンが二つ。

「お兄ちゃん、好きやから。こっちのは、ちょうど今が食べ頃やと。こっちのは、ちょっと早いさかい、しばらく経ってから、食べまっし」

高齢のおばあちゃんに心配かけまいと、内緒にしていたものの、何となく勘づいておられたのでしょうか。後日、真実を打明けた時も、さほど、驚いた様子でもなく、「本人も、あんたも医者やさかい、手当ても薬もぬかりないように、大事にしとりゃ、大丈夫や。今になおるわいね。今に元気になってやわいね」と、逆に励まされるくらいでした。

□昭和五十四年一月一日

昨夜のことでした。

「お母さん、僕、明日、何を着ようかね。和服は義足にからまって歩きにくいし、真白のスーツを着ようかな。白いスーツ、新調したがや。それがね、引越しの時、スーツのズボンをどこへ入れたか、倫子は憶えがない言うとるし、弱ったなあ」と真面目《まじめ》な顔で相談するので、「出掛けるがなら、何でも、好きな服、着たら」と、答えました。

それが一夜明けて元旦になると、スーツではなく、普段の姿で降りてきましたが、余り元気がありません。着る物の心配までして、あんなに張り切っていたのに……。

「おめでとう」

いつもの年と同じように盃《さかずき》を交《か》わしました。でも、食欲はないらしく、お重《じゆう》の料理から、肉など少々、好物の栗きんとんを僅《わず》か口にしただけでした。

夕方になると、少し元気が出たのか、「イーチャン、やりましょう、みなさん」と、自分で麻雀《マージャン》の台の準備を始めます。「この人は、夕方になると、元気の出る人だ」と、お父さんに笑われておりました。

平常と変わらぬ様子で、麻雀をしておりましたが、暖房で部屋が暖まり、空気が汚れてくると、きまって咳が出て苦しむのです。「苦しいから戸をあけて……」と申し、障子《しょうじ》もガラス戸も開け放ちます。部屋が冷たくなり、時間が経つと、けろっとして、「お父さん、ビールでも飲みますか。倫子、ビール持ってきてよ」自分でもグラスは、もつものの、ほとんど残してしまいました。

□昭和五十四年一月三日
「羽咋《はくい》へおばあちゃんを送りがてら、お年始の挨拶してくるけど、どうする？」と訊《き》くと、「行ってきて。僕ら留守番しとる」という返事だったので、おばあちゃんを送りにいきました。ゆっくりして、と引き止められたのですが、和清たちが待っているからと、早々に帰ってまいりました。

帰ってみると、玄関に杖が出してあったので、どこかへ出かけたのかしらと思いながら、「ただいま」と声をかけると、「あまり、いいお天気だったから、お墓まいりしてきた。帰りに羽咋の家の前を通ったよ……」びっくりして、「どうして、寄らなかったが、その時間なら、ちょうど、夕食をよばれていた頃やったがに」と言うと、「うん、寄ろうかと思ったけど……」と、淋しそうでした。

往復ともほとんど自分で車を運転したそうで、最後のお墓まいりのつもりだったのでしょうか。部屋の空気が汚れると、必ず呼吸が苦しくなるので、よそ様へは行きたくなかったのでしょう。

暇《ひま》さえあれば机に向かっているようになりました。弟妹や、子どもたちへの手紙など書いていたらしく思われます。

□昭和五十四年一月七日

正月ともなれば、世間並に「おめでとう」と挨拶を交《か》わす、しかし、今年は何だか自分の声が空々《そらぞら》しく聴《き》こえて仕方がありません。

こうして一緒に話をしたり、毎日笑ったりしている元気な和清が、遠からず別れていってしまうのだと、どうしても信じられぬのでした。

お年始に実家へ行った時のことです。帰ろうと、家に電話をしたら、倫子が迎えに来てくれるとのこと。やがて、玄関の声に出てみれば、倫子と並んで、和清が立っているではありませんか。

「ちょっと、入って、お茶でも」、皆の勧めに、「お母さん、すぐ帰ろう、ちょっと、お腹の具合もわるいし」と。

「あんた、具合が悪かったら、電話した時、言ってくれれば、タクシーで帰ったがに」と言えば、「倫子が道をはっきり憶えてないいうたから……」と、言い訳。今から考えると、最後になるかもしれぬという思いで、無理をして、迎えにきてくれたのでしょう。

玄関で、見送りに出てくれた皆にも、丁寧《ていねい》にお辞儀をして帰りました。

右足を切断して、義足になってから、わが家のトイレは洋式に切り替わり、滑るからと、廊下は一階二階ともじゅうたんを敷き、浴場には、手すりのパイプが二ヵ所、付きました。それでも、和清は不自由だったことでしょう。しかし、一度も、愚痴《ぐち》めいたこと、ひとつさえ申しませんでした。健康な人には考え及ばない苦しみがあったことだろうと、今更のように不憫《ふびん》でなりません。

□昭和五十四年一月十九日
十四、十五、十六日と、大阪や沖縄の病院から、皆さんが替わる替わる心配してお見舞くださった。一緒に食卓についたり、十六日は機嫌《きげん》よく話をしていたのに……。

日増しに胸水《きょうすい》が増大し、息苦しくなってきている。立ったり座ったりにも、ハァハァと息を切らし、何をするにも何回も休まねばならなくなりました。相談の結果、姫野洋一《ひめのよういち》先生に胸水を抜いて頂くことになりました。

姫野先生には右足の手術の折りの入院以来、一方《ひとかた》ならぬお世話になり、また、先生のご両親にも、それはご親切にして頂いたのでした。先生が来られる少し前、和清は、それでもちゃんと義足をつけ、いつもと変わらぬ様子で二階から降りてきました。

胸水をとって頂きますと、「ああ、楽になった、久しぶりで楽に呼吸ができるようになりました。先生、ありがとうございました」と喜んでおりました。

先生は台所で手を洗いながら、「大分進んでいるね、こんなに悪くなっているとは思わなかったなあ」と、何度も言われました。

取ってもらった胸水は、ほとんど血の色をしていたとか、それがどんどん肺に溜《た》まるので呼吸をしにくくしていたのです。かといって、それを抜けば、肉腫はさらに悪くなるのです。そのことは、医者である本人が誰よりもよく知っていたことでしょうが……。

夜中に書きものをしているためか、安眠できないのか、正月以来、昼食時頃か、あるいはテレビで角力《すもう》が始まる頃になって、二階から降りて来ておりました。それから、階下でテレビを楽しんでいましたが、昨日からは、それも夜になってようやく降りてくるようになりました。

やがて、姫野先生が帰られたあと、岩川《いわかわ》さんが見えたら、とても喜んで、「胸水をとってもらったら、楽になった。呼吸が楽になった」と楽しそうに話していたのでした。その二日前にも、高田《たかだ》さんや松井《まつい》さんが見えました。友だちが尋ねてくださるのが一番嬉しいらしく、誰か見えるとすぐに二階から降りてきて、心から楽しそうでした。

□昭和五十四年一月二十日

私どもの寝た後、夜中の十二時頃から、ベッドを降りたりあがったりして苦しみ出した由《よし》。心配をかけまいと、私どもの部屋との境にある鉄の扉を閉めていたので、知らずに夜を過ごしておりました。うめき声にびっくりして、飛んでゆきますと、苦しみ通しだったというのです。

午前九時頃、「お父さんのベッドへ行ってもいい？」と、寝間着のまま、片足で飛ぶようにして、ベッドに倒れ込んだのが、歩いた最後でした。

開け放ってある戸のほうから、時折、寒い風がカーテンを揺すっていました。ベッドに座り込み、三つの枕を重ねた上に、うつ伏せになって額《ひたい》をつけ、両手で傍《そば》にいる者の手を替わる替わるしっかりと握り、全身うねるように波立たせて、苦しい呼吸を続けます。顔は酸素吸入を持っている倫子の方へ向け、時折、手を差し出しては、一口ずつ、コップの水を服《の》むのです。

握っている両手も、髪も、額も、脂汗《あぶらあせ》でじっとり冷たく、何度タオルを替えて拭《ふ》いてもすぐ湿《しめ》っぽくなるのでした。

「辛《つら》い」とか、「苦しい」とかは、一言も言わず、ただ、「暑い暑い」と着ていた布団《ふとん》はもちろん、毛布もタオルの寝間着もはねのけ、シャツ一枚になって苦しみながら、それでもまだ微笑《ほほえ》むように、とぎれとぎれにいろいろ言い残してゆきました。

午後十時頃、帰った和博を交《まじ》えて四人がぐるりとまわりを囲み、その間、飛鳥は和清の義理の叔母、津山静子《つやましずこ》さんにずっとみてもらっていました。

いよいよ苦しみが激しくなってきても、私ども四人は見守るしかありません。心配して、水木《みずき》先生の奥様も駆けつけてくださいました。

「メロンを持ってきたけど、汁だけでもいかが？」とおっしゃってくださったのでしたが、「ありがとう、でも今、ほしくない……」喘《あえ》ぎながら答え、もう水のほかは何も咽《のど》を通らなくなっていました。

思えば、奥様には足の手術をしてからも、可哀想で、不憫《ふびん》で、とても顔をみる勇気がないとおっしゃって、私どもを通じて、どれほど、好物のメロンを頂いたかしれません。何万遍、お礼を申し上げても言い尽くせません。ほんとうにありがとうございます。

和清が言い残したこと。

「人間はどうせ一度は死ぬんだから……先に行って待ってるね、……お父さん、ごめんね」

「お父さんは一人で来たら駄目、こんどはお母さんと一緒においで……」

「血圧、まだ六十くらいある、まだ、大分間があるな……僕、明日の朝まで、もつかな……」

「がんばってね」と言うと、「うん、がんばっているよ」

徳洲会病院の皆さんから、見舞いと励ましの手紙が沢山《たくさん》届き、ひろげて見せたものの、自分で持つ力はなく、字の大きなものを顔に近づけると、だまって、それでも嬉しそうに見て、うなずいておりました。

「お父さん、僕、失禁《しっきん》するかもしれんけど……ごめんね」

午後十一時過ぎ、叔父の津山が入って来たら、「ありがとう、すみません、……僕の書いたもの……松井君にもたのんであるから、本にして……おねがい……」

「僕が、書けなくなってからのこと……僕の最後の様子……お父さんとお母さんで書いて……心配して頂いて……お世話になった……たくさんの人たちに……お礼のかわり……に本にして、あげてね……題は……『ありがとう、みなさん』……と、つけて……丈夫な表紙にして……」

「博ちゃん、お父さん、お母さんを頼むな……」

「お母さん、一つだけ心残りが……お母さんに……僕らのお母さんのお墓まいりしてもらって……お母さんの前のご主人のお墓に……僕、おまいりできなかった……気兼ねせずに供養《くよう》してあげて……産みのお母さん以上に……お世話になって……ありがとう……」

余りの苦しみに見かねて、「かわってあげたい。何もしてあげられなくて、ごめんね」と言うと、「ありがとう……傍《そば》にいてもらうだけでいい……ありがとう」両手で、私の手をしっかりとつかむのでした。その手は脂汗《あぶらあせ》ですっかり冷たく、「倫子、泣くな……お前は掌《てのひら》を合わせるのを嫌がったけど、掌を合わせてごらん、……ごめんな！　お前には……謝《あやま》らんならんことがいっぱい……ある、……ありがとう……ごめんな……」倫子は返事もできず、ただ、ポロポロと泣くばかりでした。

□昭和五十四年一月二十一日にかけて。
「血圧、四十ぐらい……」力もなく、それでも、自分で、左手首の脈をみて言うのです。

午後八時頃、顔を見せに、飛鳥を連れてゆきました。苦しむ自分の姿を見せたくなかったのか、手真似《てまね》で、苦しげに、「あっちへ連れていって……」と申しました。

十二時頃、再び、連れてゆくと、今度はじっと顔を見つめ、手を差し出して握手をしましたが、あれが、わが子への別れの挨拶となりました。

「これで……言いたいことはみんな言った……ああ、疲れた……ねむりたい……」

一日二晩、休む間もなしの苦しみ通しで、どんなにか、疲れたのでしょう。それは全速力で走り通すのと同じだとききました。力尽きたのか、かすかな声で、「お父さん……もう一度、注射して……」と頼みました。

注射後、二、三分して、急に呼吸が静かになったので、眠るのかしら、と思ったら、やおら身体が左へ傾き、寝息に似たやすらかな息づかいをして、それはそれは静かな最期でした。

長い時間苦しんで、どんなにか、辛かったでしょう、よく頑張った。でも、やっと楽になって、少し口をあけて、ほほえんでいるような、美しい、それはおだやかな顔でした。

もう、何をしても遅い、

何を言っても無駄、

誰が何と言おうと、何時《いっ》かは癒《なお》ると信じていたのに、

あれほど、皆さんが祈ってくださったのに！

大寒の入りにしては暖かい夜明けでした。

昭和五十四年一月二十一日午前五時二十一分のことでした。

□昭和五十四年一月二十二日

暖かみの残っていた身体も、時間が経つにつれ、冷たくなってゆくのでした。

階下の座敷に安置した遺体の掛布団をめくっては、「パパ、パパ」と、飛鳥は、何度も

横に入っていっしょに寝ようとします。

写真に向かって、呼びますが、もう、答えてくれません。

お棺に入れた時も、安らかな、眠っているような、きれいな顔でした。

正月に着たいと言っていた、純白のスーツ、結局、新調して一度も着ませんでした。真赤なネクタイ、紺のソックス、赤いハンカチ、真紅のバラを一輪、倫子がそっと胸の上におきました。『無辺光』（遺言していた本）を一冊、倫子が書いた和清宛の手紙を添えて、生前の希望通り、ピンクのカーネーションで、顔の囲《まわ》りから、全身が埋まるほど飾りました。

足元には、当医院看護婦たちの心づくしの千羽鶴（右足を切断した時から、皆で折ってくださったのです）、それと、徳洲会病院の皆さん方の祈りをこめた色とりどりの八千羽の折鶴が、和清の永の旅のお供となりました。

この八千羽の折鶴の残り、二千羽はその後、届き、今もまだ仏壇に飾ってあります。和清のお供こそできませんでしたが、心を残して逝《い》った二人の子どもたちの無事を祈ってくださるような気がして、いまだに片附ける気になれないのでございます。

□昭和五十四年一月二十三日

おりからの雨が、冷たく地を濡らしておりました。

その中、茶毗《だび》の式にほんとうに多くの人たちにおまいりをしていただきました。ありがとうございます。

私どもの息子、和清は一条の煙になってしまいました。その時、かすかに雲が切れ、光がもれるのを、何か救いを見たように心に深く残っております。

ほんとうに心のこもった弔辞《ちょうじ》と弔句を頂きましたので、ここに紹介させていただきます。

弔　辞

井村和清君

先日大阪で君と奥様とご両親に、しばしの別れを告げたとき、君はいつものように笑顔を絶やさず、他人に対して深い思いやりを示しておられました。

これがわずか一ヵ月余り前のこととはどうしても考えられません。君が郷里に帰ると言われたとき、君の身体は、冬のひととき、ゆっくりと養生すれば、春の訪れを聞くまでにはなんとか回復に向かうものと思っていましたのに、一月二十一日、にわかに逝去《せいきょ》されました。ご遺族の胸中を拝察し、ただ、ただ、哀悼《あいとう》の念に耐えません。

思えば井村君は、優秀な医師であるとともに、立派な教育者でもありました。病いと闘う患者さんには、常に、最善の医療を行ないつつ、いつも患者さんの立場にたって、その苦しみを自らのものとし、その笑顔を絶やさぬ、明るく優しい心づかいは、医療にたずさわる者の鑑《かがみ》として、すべての患者さんの尊敬を一身に集めておられました。

また、井村君のこのような立派な行動が、私たちの病院で働く多くの職員に深い感銘を与え、ともすれば、初心を忘れて高慢な姿勢になりがちな私たちに対し、医療にたずさわる職員としての心がまえを、いつも身をもって、教えられました。

井村君が私たち医療従事者の心に残された功績は、多大なものがあると思います。しかし井村君は、これから、もっともっと大きな仕事をなすべき人でもありました。

まことに惜しい人をなくしました。残念でなりません。

今後の私たちは、井村君の意志を継いで、患者さんのために心から、医療ができるグループとして、立派に成長することを、お約束いたします。

どうぞ安らかに眠ってください。ここに謹んで井村和清君のご冥福を祈り、ご遺族の方々に心から哀悼の意を表します。

昭和五十四年一月二十三日

医療法人徳洲会理事長　徳田虎雄

弔辞

お兄ちゃん。いつしか君をこう呼んでいた。

「俺はお前より五日早く生まれた。だから五日だけ俺は兄貴だぞ」

こう言ってふざけていたのに、いつか君をおにいちゃんと呼んでいた。

そうだ。君はほんとうに兄のようだった。

あれは高校一年の春、「お前、聖書やっとんがいて?」こう言って肩をゆすりながらズケズケと前に立ちはだかった。それが君と初めての出合いでした。自信過剰で生意気なだけの僕に、君はびっくりしたような、半分困ったような顔をして立っていましたね。

「いやあ、どんな言いがかりをつけられるのかと思ってネ」君は笑いながら、あとで言っていた。

それが君との始まりで、それから君はいろんなことを教えてくれた。人の優しさを、美しさを、慈《いつく》しむことを、そして愛することを教えてくれた。それまで僕の知らなかったすべてを教えてくれた。気がついたら、君はおにいちゃんになっていたのだね。

もともと君は汚れのない真白な奴だった。それが透きとおって、だんだん透きとおって、ガラスのように透きとおって、突然逝《い》ってしまった。

早い、あまりに早い。どうしてそんなにいそいで逝ってしまうのだ。

「祈りとは感謝だよ」そう言っていた君は「ありがとう、ありがとう」と言いながら息をひきとったという。

祈りの中に、皆をつつんでいったのだね。

ありがとう。どうぞ静かにねむってください。

昭和五十四年一月二十三日

友人代表　松井威衛《たけもり》

弔　句

散り急ぐ梅に朝《あした》の風さむし

室《むろ》生《お》砺《れい》川《せん》

大寒に入りしあしたに聞きしこと　小《こ》中《なか》忽《ぶっ》思《し》

なお、最後に拙句を加えさせていただきます。

手術

末枯《うらがれ》の道踏む足を子にやりたや
片肢の切断冬めくあと四日
短日や切断の日の迫り暮るる
明日はなき足撫でさする冬の夜
明日はなき片肢に笑む子冬病舎
時雨《しぐ》るる日扉閉じらる手術室
二時間の手術待つ間時雨《しぐれ》昏る
無き足が痒《かゆ》しと吾子の毛布指す
杖を引く子に傘さして花の雨
春愁や松葉杖引く後影

死

大寒の夜明けの星となりにけり
かりそめの親子の縁《えにし》寒に哭《な》く
梅もみず逝きしが故に寒からん
念仏の七日七日や日脚のぶ
追憶の日々いつしかに柿若葉

祈りをこめて

井村倫子《みちこ》

亡《な》くなった主人は「あと十年もたてば、この病気だって、たいした病気ではないんだが……」と、右足切断の際、申しておりました。今、同じ病《やま》いで苦しんでいらっしゃる人がいると聞きますと、この世の無情を感ぜずにはいられません。一日もはやく、病気から救える時代がくればと願っております。

勝ち目のない戦《いくさ》。それでも愚痴一つこぼさず、悔《くや》みごとも言わず、周《まわ》りの人たちに最後まで気をくばり、いつも目には微笑《ほほえ》みをたたえ、しかも歯をくいしばって、生命《いのち》尽きる日まで頑張って生き抜いた主人。

右足を切断し、痛みも和《やわ》らいだころ、主人は勤め先の病院から帰ってまいりますと、家の中へは入らず、「倫子《みちこ》、外へ出てごらん」と私を呼び、「とってもきれいでしょう」と、うれしそうに遠くの景色を見渡しております。それからしばらくして家に入り、彼は机に向かい、何やら書き始め、「急ぎの手紙があるから、ちょっと出してくる」と言って、外へ出て行きました。それまでは、たとえ速達であっても、明日朝一番で、と私に頼む人です。なのに……。

そしてその日の夕食のとき、「とってもおいしい、とってもおいしい、倫子は料理の天才だ」などと、ふだんよりむしろ陽気に振る舞うのです。「再発、再発したのだわ……」

――私はそう思わずにはいられませんでした。

翌々日、食事のあとかたづけをしておりますと、彼の末弟（和博《かずひろ》さん）が「こんばんは」とたずねてまいりました。そのとき私は、再発したことを確信したのです。でも、彼に訊《たず》ねても本当のことを話してくれるはずがありません。ですから私は、主人がお風呂に入っている間に、いかにも再発を知っているかのように、「博《ひろ》ちゃん、再発したこと聞いたの？」と聞きました。

彼はしばらくためらったあとで、一通の手紙を黙って差し出しました。主人からの手紙です。それを読み進むうちに私の頭の中は空白になり、「再発、三、四カ月の命、再発、あと三、四カ月の命……」それだけをうわ言のように繰り返し、最後まで読みとおすことはできませんでした。というのも、右足を切断して間もなくのころ、「これで再発したら、三、四カ月の命だなあ」と、彼がつぶやいていたからです。

私は、徳洲会病院の院長先生へ手紙を書きました。主人が再発したこと、ぜひともお力になっていただきたいこと、そして、このことは夫には内緒にしてほしい——という趣旨の手紙です。けれどもいざポストの前に立ちますと、主人には主人なりの考えがあってのこと、主人の思いやりを大事にしよう、そして私に隠していることが、いつか笑い話で終わりますように、……そう思い、その手紙はとうとう出さずじまいに終わりました。

それからというものは、仕事に出かける彼を見送ったあと、泣いて暮らす毎日でした。娘の飛鳥《あすか》が起きてきて、「マンマ、マンマ」とむずかる姿が哀れに思え、いっそう涙にくれるのです。夫が帰ってまいりますと、残されたわずかな時間を少しでも多く父娘で過ごさせようと、叱ってでも「パパのところへ行きなさい」と言ったものです。夫も不思議に思ったのでしょう、たまに「どうしたの」と私に聞くのですが、「どうしたって？」と私も悟られないように毎日を過ごしてまいりました。

それからというものは、食事のときもまともに顔を合わせることができませんでした。涙が出てくるからです。そのたびに、娘にかこつけてごまかしてきました。

亡《な》くなる一週間前でした。胸水がたまりはじめると、「写真を撮《と》ってちょうだい」と、私にたびたび頼むようになりました。お葬式に飾る写真だというのです。あまりにも落ち着きはらった彼の態度に、私はさびしさで彼の目を見つめるのが精一杯でした。引っ越しの際、カメラをどこにしまったのかわからないと、そのつど悲しい嘘をついておりました。

昔、中国では自分の屍《しかばね》をほうむるお棺《かん》を満足ゆくまで作りなおし、それを横に置いて、息跡絶《とだ》えるのを静かに待っていたのだと、ある本で読みました。

彼の心境も、それに等しかったのでしょうか……。

さびしいことですね。

時の流れは、はやいものです。

写真を指さして、「パパ、パパ」とはしゃいでおりました長女飛鳥《あすか》も、主人の遺志により私家出版させていただいた『ありがとう　みなさん』が上梓《じょうし》される昭和五十四年の初夏のころになると、「パパ、いない……」と、片言《かたこと》を話すようになっておりました。

また、彼が待ち望んだ〝祈りの子〟清子《せいこ》も生まれ、小さな両手両足を力いっぱいふるわせて、生命の証《あか》しをみせておりました。

それにつけても思い出すのは、私が二人めの子どもを身籠《みご》ったことを知ったときの主人は、まるで勇者のようでした。目は輝き、何事にも恐れない武者《むしゃ》そのものでした。私はお腹の子に向かい、「あなたが生まれてくるころには、もうパパはいないね」と、涙をこらえることはできませんでした。

主人が残された数ヵ月の命を立派に生きぬいたことは、私たちの二人の子どもに、いえ、生ある者への一つの贈り物だと思います。二人の子どもに言いましょう。

「あなたたちのお父様は、病気に負けたのではありませんよ。医学の力が及ばなかったのです。最後まで負けなかったのですよ」と。

飛鳥ちゃん（右）と次女の清子ちゃん

お兄ちゃんをみんなすきだった

津山《つやま》　有《ゆう》（小学四年生――故人の従妹《いとこ》）

おにいちゃん　おにいちゃんはパパだった
　かわいい　飛鳥《あすか》ちゃんの　パパだった　パパだった
おにいちゃん　おにいちゃん　おにいちゃんはパパだった
　うまれたばかりの　清子《せいこ》ちゃんの　パパだった　パパだった
おにいちゃん　おにいちゃん　おにいちゃんはおっとだった
　すてきな　みちこさんの　だんなだった　だんなだった
おにいちゃん　おにいちゃん　おにいちゃんは子どもだった
　かっこいい　おとうさんの　子どもだった　子どもだった
おにいちゃん　おにいちゃん　おにいちゃんは若かった
　どうして　親たちをおいていった　おいていった
おにいちゃん　おにいちゃん　おにいちゃんはかわいそうだね

子どもたちをのこして　いっちゃった　いっちゃった
おにいちゃん　おにいちゃん　おにいちゃんはすてきだった
みちこさんをのこして　いってしまった　いってしまった

医師としての井村先生

徳田虎雄

私が井村先生に最初に会ったのは、私たちが岸和田徳洲会病院開設のため、日本でただ一つアメリカ式の医師研修制度を採《と》っている沖縄《おきなわ》県立中部《ちゅうぶ》病院を視察に行きはじめたころである。

昭和五十二年の二月か三月であったろう、現在の岸和田《きしわだ》徳洲会病院院長、山本智英《やまもとともひで》先生と私は中部病院のスタッフや研修医との間で懇談会をもったが、その席に井村先生はいた。日本の医療について、また卒後研修について、熱気にあふれた討論が繰り返されたが、その過程で、井村先生は山本院長のもとで勉強しようという決意を固めたようであった。

昭和五十二年五月一日オープンの岸和田徳洲会病院のスタッフとして、最初から参加することになった井村先生と、四月の終わりに大阪空港で会った。

この時の先生は印象的だった。すらっとした長身をクリーム色の背広につつんだこのハンサムな青年医師は、新妻の倫子《みちこ》さんを伴っていた。新婚早々で幸せいっぱいな青年医師夫妻を目にした私は、徳洲会病院にも、こんなに若いすばらしい先生が来てくれるようになったのだという感慨をおぼえた。一方で、彼らの新婚生活を新設病院のあわただしさに引き込んでしまうことに対し、かすかに胸の痛みをおぼえたものである。

オープン直後の病院では、院長をはじめとするすべてのスタッフが、まだチームワークのとれていない職員とともに、患者さんに少しでも迷惑がかかってはならない、できるだけのことはしてあげねばならないという気持ちで、朝から晩まで駆けずり回っていた。

そんな中で、常ににこやかに患者さんに接し、また、職員に対しては誰かれとなく友人として接する井村先生の姿勢は、明るい雰囲気を周囲に撒《ま》きちらしていた。そして、先生が患者さんの信頼を得、徳洲会病院のアイドルとなるのに、三月《みつき》とかからなかった。

井村先生は、医学部の学生時代大病を患《わずら》い、二年間入退院を繰り返す闘病生活を経験し、患者の気持ち、患者の心を自分のものとして身につけたという。また、その闘病生活中、一生懸命看病してくれたお母さんは、彼が復学して間もなく腎《じん》結核から、薬の副作用で両耳が聞こえなくなった後に、亡《な》くなったという。

私は生前、井村先生からこの二つの体験を聞き、どうして二十九歳の若さで、医師として、人間としてあそこまで立派に振る舞えるのか、つまり彼の患者に対する思いやりの心や、職員に対する温かい態度が納得できるような気がした。

そんな七月のある日、井村先生に初めての娘さんの飛鳥《あすか》ちゃんが生まれ、職員互助会から先生にお祝いの花束が贈られた。子どもを持った喜び、多くの同僚から祝福されたことの喜び。花束を手にして帰る井村先生の幸せは、その表情だけではなく、全身に満ちあふれているようであった。私は、その井村先生が、右足を少しひきずっているのに気づいた。なんの気なしに、どうしたのだ、と聞くと、先生もそれほど気にとめているふうではなく、五、六カ月ほど前からときどき右膝《ひざ》が痛む、との答えが返ってきた。

この時は、この何気なく交《か》わされた対話が、一人の人間を、幸せの絶頂から、想像を超えた苦悩の奈落へと突き落とす前兆であるとは、医師ではあっても神ならぬ私たちには、予期できなかった。

それから二、三カ月して、膝《ひざ》の痛みがとれないという井村先生に、何か不安なものを感じたが、先生自身も、ようやく検査を受けてみる気になった。

右大腿部から切断が必要という予想もしなかった結果を、院長と事務長から聞いた時、医師である私は、それが悪性腫瘍《しゅよう》のためであることを思い知らされ、愕然《がくぜん》とした思いに襲われた。

先生と顔を合わせるのがつらい、いつもと違った態度になってしまうのではないかなどと思い悩んでいた私は、翌日、いつもと変わらない様子で、その表情に笑《え》みさえたたえて出勤してきた井村先生に、逆に勇気づけられてしまった。先生は、手術は、開業している父や兄弟がいる故郷、富山《とやま》県の病院で行なうことを、いつもと少しも変わらぬ態度で淡々と話してくれた。

右足の切断、抗癌剤の投与を受けながらの治療、そして義足をつけてのリハビリテーション、その後六カ月の井村先生の精神と肉体の闘いの厳しさは、私たち常人の想像を絶するものであったろう。

しかし、五十三年五月のある日、井村先生は、ふたたび岸和田徳洲会病院に帰ってきた。

八時四十五分からの朝礼に、奥様と娘さんを伴って現われた井村先生を、徳洲会病院の全職員は、義足の痛々しさに目頭《めがしら》を熱く濡らしながら、そしてこみあげる感動を抑《おさ》えながら、力いっぱい拍手をして迎えたのだった。

「切断した足は十五キロもありました。しかし、その分が別なところへいって、少しも体重は減らないのです」などと、以前と少しも変わらない明るい表情で挨拶《あいさつ》する先生に、痛々しい目でみていた職員のほうが、逆に勇気づけられているようだった。

しかし、多忙をきわめる徳洲会病院の中で、一ヵ月間ほどはリハビリテーションの訓練を続けながら、以前と変わらないように働く先生の努力には、並々ならぬ精神力が必要であったと思う。

常に変わりなく明るく元気に働く井村先生の姿に、職員のみんなが本当によかったと安《あん》堵《ど》感をもちはじめた八月のある日、私はかるい咳をしている井村先生を見て、ふたたび不吉な予感におそわれた。事務長から、井村先生の悪性腫瘍が肺に転移し、それも一ヵ所でなく両肺の数ヵ所に及んでいることを本人から告白された、との報告を受けたのは、その直後のことであった。

「この転移については、職員にはもちろん、両親や妻の倫子《みちこ》にも秘密にしてほしい。私は、患者を診《み》るために医師になった。死ぬまでの短い期間、できるだけ多くの患者さんに接し、できるだけのことをしてあげたい」という申し入れを受け、胸を打たれた私は、本人の希望通りにしてあげるよりほかに道はない、と思った。

井村先生の患者さんには、ガンで二、三ヵ月しかもたない人が数人おり、その人たちのために井村先生が必要なことは、先生自身が一番よく知っていたのであろう。また、自分の命が五、六ヵ月しか残されていないことを悟った先生は、自分が受けもつガンで苦しむ人々の前から逃げだす気持ちにはなれなかったのであろう。

徳之島《とくのしま》の私の友人の母親が、私を訪《たず》ねてきたのは、井村先生が手術後、徳洲会病院に復帰して間もなくのころだった。検査の結果は、白血病であった。私は井村先生がもっともふさわしいと考え、先生に治療をお願いした。井村先生の懸命の努力の甲斐《かい》あって、患者は小康《しょうこう》を取り戻し、徳之島へ帰ることになったが、それは余命の短い白血病であるのなら、患者さんに少しでも長く故郷で過ごさせてあげたいという井村先生の配慮からであった。

徳之島で一時小康状態を保って幸せそうだったそのお母さんにも、再び白血病の症状が再発する日がやってきた。その時の患者さんの願いは、どうしても大阪に行って、もう一度井村先生の治療を受けたいということであった。たまたま、徳之島に帰郷していた私は、その友人のお母さんを伴って帰ることにした。彼女は私の乗る飛行機の切符を手にしていたのだったが、出発の日の朝、出血傾向の強い白血病のため、脳内出血を起こし息をひきとった。

その時、私の友人は、「井村先生に診《み》てもらえるという希望をいだきながら死んでいった母は、本当に幸せだった」と語ってくれた。私がこのことを井村先生に伝えたのは、井村先生が故郷の砺波《となみ》への最後の旅に出る前日であった。

井村先生の咳《せき》をする回数は、日を追うごとに増していった。それればかりでなく、その表情からも徐々に精気が失われていった。そんな井村先生と顔を合わせることは、私にとって堪《た》えがたい苦しみであったが、会えば、自分の背負った重荷にあえぎながらも、その表情に笑みを絶やさず、医師としての情熱を燃やし続けている井村先生の精神力に、ともすれば新設病院づくりに弱音《よわね》を吐きそうになる私は、逆に励《はげ》まされてしまう始末であった。

「咳《せき》だけではなく、痰《たん》に血が混じるようになった。もはや、これ以上医師の仕事を続けることは、逆に患者さんの迷惑になる。故郷の砺波に帰ろうと思う」

井村先生の申し出があったことを聞いた私は、岸和田徳洲会病院に駆けつけたのである。

それから数日後の、井村先生が砺波へ帰る日、「まえがき」でも述べたように、私は井村先生に真実を書き遺《のこ》すべきだと話したのだった。

井村先生から〝徳洲会の皆さんへ〟（第一部・133ページに収録）という便《たよ》りが届いた。私はそれを朝礼で読んだ。

「井村先生は不治《ふち》の病《やまい》と闘いながらも、私たちに励ましの手紙を書いてくれた。私たちもひと言《こと》ずつでも、井村先生へ励ましの手紙を送ろう」という私の呼びかけに、みんなが涙を押さえながら、うなずいた。

はるか冬の立山《たてやま》連峰を越えて井村先生の病床には、心をこめたぶ厚い手紙の束が寄せられた。しかし、その手紙の束《たば》を手にした井村先生は、意識を失いながらも読もうとしていたが、かわってお父さんが耳許《みみもと》で読んで聞かせているうちに、息絶えたという。

外来、病棟、薬局など、各職場から、また世話になった患者さんから、病気が一日も早く治りますように、との祈りをこめて折り続けられた一万羽の折り鶴が、一千羽ずつ、次々と送り届けられた。八千羽までは井村先生の意識のあるうちに届いたが、残り二千羽は、みんなの祈りも空《むな》しく、井村先生が亡《な》くなったあとに届いたという。

あとがき――感謝のことば

和清が医師としての最後の勤《つと》めとなりました岸和田徳洲会病院を辞する日、理事長徳田先生からも強く奨《すす》められ、帰郷後、残された僅《わず》かな月日に書き遺《のこ》しました遺稿集『ありがとう　みなさん』を、先に一冊の小冊子として和清の遺志により、生前にお世話になりました友人、知人、また親戚の方々にお頒《わ》けいたしましたところ、全国の沢山の方々から和清の死を惜しむお便りと、また私たちにまで心からの励ましと慰めのお便りを沢山に頂戴いたしました。

お礼の申し上げようもございません、厚く感謝申し上げます。

また、沢山の方々からぜひ出版して欲しいとのご希望もあり、祥伝社のご好意により題名を『飛鳥《あすか》へ、そしてまだ見ぬ子へ』として出版することになりました。

本書の発刊にあたり、序文をお書きくださいました徳洲会理事長徳田虎雄先生に、心から厚くお礼を申し上げますとともに、徳洲会病院の皆さん、津山昌《つやましよう》様、今小路元雄《いまこうじもとお》様に深甚なる謝意を表します。

昭和五十五年四月

井村和男《いむらかずお》

切り取り線

一〇〇字書評

飛鳥へ、そしてまだ見ぬ子へ

購買動機（新聞、雑誌名を記入するか、あるいは○をつけてください）	
□（　　　　　　　　　　）の広告を見て	
□（　　　　　　　　　　）の書評を見て	
□ 知人のすすめで	□ タイトルに惹かれて
□ カバーがよかったから	□ 内容が面白そうだから
□ 好きな作家だから	□ 好きな分野の本だから

●最近、最も感銘を受けた作品名をお書きください

●あなたのお好きな作家名をお書きください

●その他、ご要望がありましたらお書きください

住所	〒				
氏名		職業		年齢	
新刊情報等のパソコンメール配信を 希望する・しない	Eメール	※携帯には配信できません			

あなたにお願い

この本の感想を、編集部までお寄せいただけたらありがたく存じます。今後の企画の参考にさせていただきます。Eメールでも結構です。

いただいた「一〇〇字書評」は、新聞・雑誌等に紹介させていただくことがあります。その場合はお礼として特製図書カードを差し上げます。

前ページの原稿用紙に書評をお書きの上、切り取り、左記までお送り下さい。宛先の住所は不要です。

なお、ご記入いただいたお名前、ご住所等は、書評紹介の事前了解、謝礼のお届けのためだけに利用し、そのほかの目的のために利用することはありません。

〒一〇一‐八七〇一
祥伝社黄金文庫編集長　栗原和子
☎〇三（三二六五）二〇八四
ohgon@shodensha.co.jp

祥伝社ホームページの「ブックレビュー」からも、書けるようになりました。
www.shodensha.co.jp/bookreview

祥伝社黄金文庫

飛鳥《あすか》へ、そしてまだ見《み》ぬ子《こ》へ

平成14年6月20日　初版第1刷発行
令和 5 年8月15日　　　第12刷発行

著　者　井村和清《いむらかずきよ》

発行者　辻 浩明

発行所　祥伝社《しようでんしや》

〒101－8701
東京都千代田区神田神保町3－3
電話　03（3265）2084（編集部）
電話　03（3265）2081（販売部）
電話　03（3265）3622（業務部）
www.shodensha.co.jp

印刷所　堀内印刷

製本所　ナショナル製本

Printed in Japan　© 2002, Kazukiyo Imura　ISBN978-4-396-31294-7 C0195

祥伝社黄金文庫

遠藤周作　生きる勇気が湧いてくる本

人生に無駄なものは何ひとつない。人間の弱さ、哀しさ、温かさ、ユーモアを見続けた珠玉のエッセイ。

遠藤周作　信じる勇気が湧いてくる本

苦しい時、辛い時、恋に破れた時、生きるのに疲れた時…人気作家が贈る人生の言葉。

遠藤周作　愛する勇気が湧いてくる本

恋人・親子・兄弟・夫婦…あなたの思いはきっと届く！　人気作家が遺した珠玉の言葉。

曽野綾子　完本　戒老録《かいろうろく》

この長寿社会で老年が守るべき一切を自己に問いかけ、すべての世代に提言する。晩年への心の指針！

曽野綾子　運命をたのしむ

すべてを受け入れ、少し諦め、思い詰めずに、見る角度を変える…生きていることがうれしくなる一冊！

曽野綾子　「いい人」をやめると楽になる

縛られない、失望しない、傷つかない、重荷にならない、疲れない〈つきあい方〉。「いい人」をやめる知恵。